亞瑟王傳說 解剖圖鑑

アーサー王物語 解剖図鑑

紙結歷史編輯部 編著

渡邊浩司 監修

劉佳麗 譯

前言

本書是一直以來以小說、繪本、電影、舞台劇、動漫、漫畫或遊戲等各種形式深受大眾喜愛的「亞瑟王傳說」的指南手冊。

若將「亞瑟王傳說」比喻為一幅壯麗宏偉的織錦，那描寫英雄亞瑟王在不列顛尼亞（Britannia）從誕生到死亡的一代傳奇故事就是其「縱線」；而魔法師梅林（Merlin）、崔斯坦（Tristan）與伊索德（Isolde）的悲戀等原本獨立發展的故事群則如「橫線」一般，交織出一幅色彩鮮豔的「亞瑟王傳說」作品。

如果亞瑟王真實存在，那麼其原型正如9世紀時由內尼厄斯（Nennius）編纂的《不列顛人的歷史》中所記載，被認為是公元5世紀後半到6世紀時，擊退從大陸遷徙至不列顛尼亞之日耳曼系各族的不列顛軍領袖。而奠定這位「戰鬥隊長」化身為統治全歐洲「國王」形象之起源，則是由蒙茅斯的傑佛瑞（Geoffrey of Monmouth）於約1138年所撰寫的《不列顛尼亞列王史》。該書記錄了從特洛伊戰爭到7世紀為止的不列顛尼亞歷史，整部作品中約有三分之一的篇幅是關於亞瑟王的生平，包括亞瑟王的誕生、與桂妮薇爾（Guinevere）的婚姻，以及外甥莫德雷德（Mordred）的叛變等，現在廣為人知的亞瑟王傳說其基本框架這時已經完成。接著，韋斯（Wace）將這部以拉丁語書寫的虛構歷史作品翻譯為法語《不列顛的故事》（約1155年），法語譯作中首次出現了「圓桌」的概念。

12世紀後半葉，活躍於北法國宮廷的克雷蒂安・德・特魯瓦（Chretien, de Troyes），以圓桌騎士團的成員為主角，創作了一系列韻文作品。在他的筆下，誕生了與亞瑟王王妃桂妮薇爾發展出禁忌之戀的蘭斯洛特（Lancelot），以及尋找「格拉爾」（Graal）的珀西瓦里（Percival）等騎士。到了13世紀，圍繞這兩位騎士的故事逐漸轉為散文形式，而「格拉爾」也從單純的器皿昇華為盛裝基督聖血的「聖杯」。至13世紀中葉，這些作品匯聚成一個龐大的敘事體系，被稱為「蘭斯洛—聖杯傳奇」，建構出一座壯麗的文學殿堂。

此後，12世紀誕生於法語圈的亞瑟王傳說，自中世紀以來逐漸被翻譯成多種語言，包括德語等，傳播至歐洲各地。湯瑪斯・馬洛禮（Thomas Malory）將這些故事集大成，於1469年至1470年間完成了《亞瑟王之死》，並在1485年由英國首位印刷商威廉・卡克斯頓出版，成為英國最早的亞瑟王故事。

本書以馬洛禮的《亞瑟王之死》為基礎，概述「亞瑟王傳說」的整體脈絡，同時探討馬洛禮之前以法語與德語撰寫的相關作品中所見的異說及資料，希望本書能滿足對「亞瑟王傳說」感興趣的讀者。

渡邊浩司

目錄

序章
閱讀「亞瑟王傳說」前應了解的事 ……007

- 不列顛尼亞的英雄亞瑟王是真實存在的人物嗎？ ……008
- 亞瑟王所生活的不列顛尼亞是個什麼樣的地方？ ……010
- 形塑故事世界觀的凱爾特語文化是什麼？ ……012
- 亞瑟王的傳承如何演變為「亞瑟王傳說」？ ……014
- 資料解說 了解「亞瑟王傳說」的相關資料 ……016
- 專欄 依作品不同而異的人物名稱 ……018

第一章
英雄亞瑟王的誕生與圓桌騎士團的崛起 ……019

- 第一章的登場人物與故事概要 ……020
- 被預言將成為亞瑟王之父的烏瑟・潘德拉貢 ……022
- 以惡魔之子名誕生的魔法師梅林 ……024
- 亞瑟王的誕生與獲得聖劍「埃克斯卡利伯」的過程 ……028

第二章
以亞瑟王的外甥高文爵士為中心的圓桌騎士團 ……045

- 第二章的登場人物與故事概要 ……046
- 受太陽庇佑、亞瑟王之下最重要的騎士高文爵士 ……048
- 馴服獅子的宮廷浪漫英雄伊凡爵士的冒險 ……052

- 同母異父姊姊摩歌絲與亞瑟王的私生子莫德雷德 ……030
- 不顧梅林反對，亞瑟王迎娶桂妮薇爾 ……032
- 以亞瑟王為中心，圓桌騎士團的建立 ……034
- 沉溺於湖中貴婦的愛戀，梅林從此消失 ……036
- 同母異父姊姊摩根勒菲盜走聖劍的劍鞘 ……038
- 亞瑟王統一不列顛島，並戰勝羅馬皇帝 ……040
- 資料解說 了解亞瑟王的相關資料 ……042
- 專欄 掌握故事關鍵的妖精們 ……044

第三章
純潔無瑕的騎士加拉哈德爵士與賜予奇蹟的聖杯傳說

與凱爾爵士、貝德維爾爵士聯手擊敗聖米歇爾山的巨人 ... 054

有「美麗的手」稱號的加雷斯爵士 ... 056

高文兄弟們心中對蘭馬洛克爵士的宿怨 ... 058

● 資料解說 了解高文的相關資料 ... 060

● 專欄 被視為騎士強敵的巨人 ... 062

第三章的登場人物與故事概要 ... 063

以蘭斯洛特爵士私生子身分誕生的加拉哈德爵士與聖杯傳說 ... 064

在尋找聖杯任務中擔任重要角色的珀西瓦里爵士與波爾斯爵士 ... 066

石中劍順流漂來，加拉哈德爵士坐上「危難之席」 ... 068

突然出現又隨即消失的聖杯，引發騎士們立誓展開尋找聖杯之旅 ... 070

蘭斯洛特爵士與高文爵士皆未能成功覓得聖杯 ... 072

珀西瓦里爵士與波爾斯爵士在最後關頭擺脫惡魔的誘惑 ... 074

加拉哈德爵士、珀西瓦里爵士與波爾斯爵士見證聖杯治癒負傷王 ... 076

目睹聖杯神祕力量的加拉哈德爵士升天 ... 078

● 資料解說 了解聖杯傳說的相關資料 ... 080

● 專欄 引誘人類墮落的惡魔 ... 082

第四章
蘭斯洛特爵士與王妃的禁忌之戀導致圓桌騎士團與王國的崩潰

第四章的登場人物與故事概要 ... 085

由湖中貴婦撫養、法國出身的蘭斯洛特爵士 ... 086

蘭斯洛特爵士與桂妮薇爾王妃譜寫出的真摯戀曲 ... 088

高文的暗殺未遂事件，讓王妃遭受懷疑 ... 090

蘭斯洛特爵士與桂妮薇爾王妃的不貞之情被揭發 ... 092

騎士們分裂成亞瑟王派與蘭斯洛特派而爆發戰爭 ... 094

目錄

第五章
里奧涅斯的王子崔斯坦與愛爾蘭公主伊索德的悲戀……107

* 資料解說　了解蘭斯洛特的相關資料……104
* 專欄　既能幫助英雄也會阻撓英雄的小人……106

第五章的登場人物與故事概要……108

被母親取名為「悲傷之子」的崔斯坦爵士……110

在與馬赫斯爵士的決鬥中負傷，於美麗的伊索德公主處療傷……112

與將成為馬克王妃的伊索德共飲愛情靈藥……114

兩人的關係被馬克王發現，崔斯坦迎娶白手伊索德……116

被馬克王逐出康沃爾，最終加入亞瑟王的圓桌騎士團……118

關於崔斯坦與伊索德悲戀的兩種結局……120

* 資料解說　了解崔斯坦的相關資料……122
* 專欄　英雄的陪襯——關於龍的角色……124

奠定奇幻文學基礎的傳奇，現代仍然流傳的亞瑟王傳說……125

想更深入了解「亞瑟王傳說」……128

「亞瑟王傳說」相關年表……132

登場人物介紹……134

與莫德雷德軍交戰，亞瑟王身受致命傷……098

聖劍歸還湖中，亞瑟王啟程前往阿瓦隆之島……100

亞瑟王死後迎來真愛的最終結局……102

序章

閱讀「亞瑟王傳說」前應了解的事

榮耀無雙的理想之王

不列顛尼亞的英雄亞瑟王是真實存在的人物嗎？

在神話與傳說中，亞瑟王被描繪為中世紀歐洲理想的君主。無論是小說、電影，還是遊戲等現代奇幻作品中，亞瑟王的名字屢次登場，跨越時代與國界，深受世人喜愛。

故事中亞瑟王也展現出豐富人性的一面，然而他作為絕對霸主的地位始終堅不可摧，被塑造成一位威嚴非凡的君王。

亞瑟王統一不列顛島後，進而建立起橫跨島嶼與大陸的帝國，鞏固了自己的權勢。

● 以亞瑟王為中心結成的圓桌騎士團

在亞瑟王的宮廷裡，擺放著一張只有特定人士才能入座的圓桌。唯有名字浮現於桌面的騎士，方能獲准落座。這些受選的騎士被稱為「圓桌騎士」，皆對亞瑟王忠誠不渝。騎士團的成員與人數因不同作品而異，但其中必有一席空位，這正是其獨特之處。

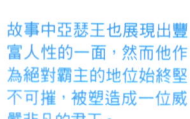

聖劍「埃克斯卡利伯」（Excalibur，即「王者之劍」，又稱作「石中劍」、「誓約勝利之劍」）是為了選出不列顛王的繼承者而誕生的神聖之劍。

統一不列顛尼亞（不列顛島）的亞瑟王與其臣下圓桌騎士的冒險故事，即為「亞瑟王傳說」。作為這部傳說的主角，亞瑟王因拔起聖劍「埃克斯卡利伯」而被遴選為國王的經典事蹟，使亞瑟王成為世界知名的魅力英雄。在中世紀歐洲，他不僅是故事中的人物，更被視為典範騎士的象徵。

在「亞瑟王傳說」的世界中，魔法師、巨龍等超自然存在頻繁現身，因此亞瑟王常被歸為神話或傳說中的人物。不過，在多部歷史文獻中皆可找到對亞瑟王的記載，其歷史真實性亦獲得一定程度的認可。

此外，有一種說法認為亞瑟王的形象是融合了多位歷史人物而成。因此，我們無法完全斷定亞瑟王僅為傳說人物，亞瑟王是否真實存在至今仍是備受討論的議題。

008

- **九大偉人**
指的是出現在歷史、聖經與神話中，在中世歐洲被視為偉大騎士的英雄們，亞瑟王也名列其中。

約書亞
《舊約聖經》中的人物，摩西的繼承者，引領猶太人前行。

大衛
古代以色列的第二代國王，名留《舊約聖經》。

猶大馬加比
猶太民族的英雄，帶領人民從敘利亞的統治下爭取獨立。

查理曼大帝
法蘭克王國的君主，後來成為羅馬皇帝，即著名的卡爾大帝。

亞歷山大大帝
亦稱「亞歷山卓」或「伊斯坎達爾」，憑藉東征建立龐大帝國。

亞瑟王

布永的戈弗雷（Godefroy de Bouillon）
率領第一次十字軍東征的法國英雄，也是耶路撒冷王國的首位統治者。

凱撒
古羅馬的偉大英雄，其名字成為「皇帝」一詞的語源，亦稱作「凱撒大帝」（Caesar）。

埃克托爾
希臘神話中的英雄，在特洛伊戰爭中與阿基里斯交戰。

騎士精神的象徵英雄

亞瑟王聲名大噪，始於12世紀初。當時，中世歐洲的騎士文化蓬勃發展，而亞瑟王作為騎士精神的典範，成為世人心目中的理想英雄。

亞瑟王其實是戰鬥隊長？

根據9世紀編纂的《不列顛人的歷史》（⇒P42），亞瑟並非國王，而是率領不列顛軍隊的「戰鬥隊長」。此外，《不列顛尼亞的破壞與征服》與《坎布里亞編年史》（⇒P42）等歷史記載中，也提及5世紀末至6世紀中葉，不列顛軍隊的領袖成功擊退撒克遜人的入侵。

巴頓山戰役
此役是不列顛人擊敗撒克遜人的關鍵戰役。根據《不列顛人的歷史》記載，亞瑟率領軍隊在12場戰役中接連獲勝，擊敗敵軍。

亞瑟王的歷史人物原型

在中世紀，尚未發展出完全虛構的故事創作習慣，因此「亞瑟王傳說」極可能源於更古老的神話與傳承，而亞瑟王甚至可能根據歷史上的某位偉人為原型。

盧修斯・阿托留斯・卡圖斯
（Lucius Artorius Castus，2世紀後半～3世紀前半）
負責守護不列顛島上建立的「哈德良長城」，是一名羅馬軍團長官。

馬格努斯・馬克西穆斯
（Magnus Maximus，約335年～388年）
從羅馬軍系崛起，一度成為不列顛尼亞的統治者，最終登上羅馬皇帝。他的事蹟與亞瑟王的傳說極為相似。

君士坦丁三世（卒於411年）
在羅馬即將失去對不列顛尼亞的控制之際，奪取帝位。他原本只是普通的軍人。

安布羅休斯・奧里安
（Ambrosius Aurelianus，5世紀）
傳說中，這位不列顛君王曾帶領人民抵禦日耳曼民族的侵略，據說與亞瑟王生活在同一時期。

亞瑟王所生活的不列顛尼亞是個什麼樣的地方？

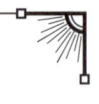

在亞瑟王曾經生活過的現今英國所在土地，自古便居住著凱爾特系的不列顛人，這片土地被稱為「不列顛尼亞」。然而，自5世紀後半至6世紀中葉，隨著歐洲的大規模民族遷徙，日耳曼民族開始湧入。其中，日耳曼系的盎格魯－撒克遜人建立了許多小王國，導致不列顛人逐漸被迫退居島嶼南部。

在「亞瑟王傳說」中，也描繪了不列顛人與盎格魯－撒克遜人之間的激烈抗爭。但是，與歷史事實不同的是，故事中不列顛人取得了勝利，而原本僅是不列顛軍領袖的亞瑟，則被塑造成統一島嶼的傳奇之王。對於擁有不列顛血統的威爾斯人而言，亞瑟王與他的傳說無疑是一個充滿魅力的故事。在不列顛人遷徙的威爾斯、康沃爾等地，如今仍留存著大量與亞瑟王相關的遺跡，見證著這段流傳千古的傳奇。

──故事的舞台之不列顛尼亞與其歷史──

隨著擺脫羅馬的統治，不列顛島經歷了盎格魯－撒克遜七王國時代，並於11世紀迎來諾曼王朝的建立。據說，當盎格魯－撒克遜人開始移居不列顛島時，亞瑟正是不列顛軍的指揮官。

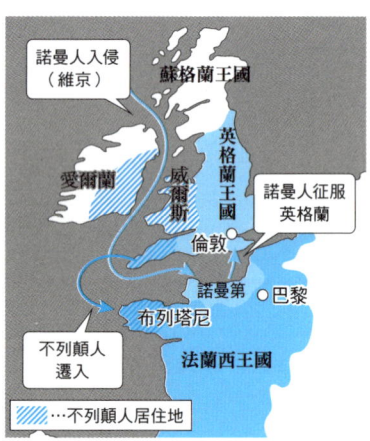

屬州不列顛尼亞
不列顛島原本為不列顛人居住之地，後來被羅馬征服並納入統治。到了4世紀，不列顛人開始向布列塔尼遷徙，該地亦屬於不列顛尼亞的一部分。

↓

英格蘭王國
羅馬帝國崩壞後，不列顛島進入盎格魯－撒克遜七王國時代，各小王國割據一方，最終統一為英格蘭王國。另一方面，不列顛人則被驅逐至島嶼南部或布列塔尼等地。

↑ 征服

諾曼第公國
諾曼人掠奪法國北部沿岸，後來獲法國國王賜封領地，成為其家臣。

→

諾曼王朝
諾曼第公國的君主威廉一世征服英格蘭，建立王朝，英格蘭與法國的文化交流變得十分繁盛。

010

追尋亞瑟王的足跡

從不列顛人曾到達的威爾斯與康沃爾、布列塔尼，可以發現許多與「亞瑟王傳說」相關的遺跡。

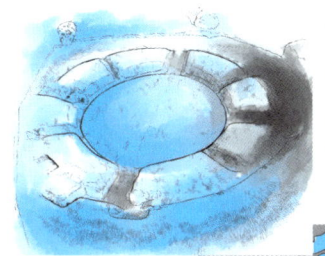

卡利恩
卡利恩是亞瑟王的居城卡美洛（Camelot）的原型之一。實際上，它被認為是建於羅馬帝國統治時期的圓形競技場遺跡。

溫徹斯特城堡
由英格蘭第一任國王威廉一世建造。大廳牆上懸掛著亞瑟王的圓桌。

威爾斯
被認為是保留不列顛人深厚文化的地區。關於亞瑟王的父親——烏瑟・潘德拉貢的傳說也多有流傳。

康沃爾
是圓桌騎士崔斯坦傳說的舞台。此外，據傳亞瑟的出生地廷塔基爾城堡（Tintagel Castle）也位於此地。

亞瑟王的墓被設置在此，但這是後世所建造的。

格拉斯頓伯里修道院
（Glastonbury Abbey）
英國最古老的修道院，據稱在此發現了亞瑟與王妃桂妮薇爾遺骨。

布列塔尼
4世紀至8世紀期間，不列顛人遷徙至此，因此與「亞瑟王傳說」淵源頗深。布勞賽良德（Brocéliande）森林中還有魔法師梅林的墓地。

亞瑟王之石
據稱是亞瑟王之墓的紀念碑。上面刻有拉丁文與歐甘（Ogham）文字，推測是不列顛人族長的名字。這與不列顛人族長亞瑟最後戰鬥的「劍欄之戰」（Battle of Camlann）有關。

刻著『馬卡斯之子拉努斯長眠於此』。

※參考《亞瑟王傳說》（井村君江譯，筑摩書房）

朱瓦由斯加德加德城
位於布列塔尼西端的菲尼斯泰爾省內的弗雷蘭德洛尼，據說是傳說中崔斯洛特居城「喜悅之城」原型之一的遺跡。

形塑故事世界觀的**凱爾特語文化**是什麼？

凱爾特十字（High Cross）
十字與圓環相連的十字架。在凱爾特語圈中普遍可見，被稱為「凱爾特十字」，並成為近代「凱爾特」的象徵。

● **近代「凱爾特」的概念**
自近代以來，歐洲出現了「凱爾特語系使用者＝凱爾特人」的說法，像威爾斯等地仍然保留凱爾特語系的區域，也被統稱為「凱爾特」。

──古代凱爾特人與凱爾特語系文化──

原居於歐洲大陸的古代凱爾特人，被認為曾遷徙至不列顛島，並留下文化。然而，這一說法已被最新的研究所否定。但是，愛爾蘭、威爾斯等地的語言仍屬於與古代凱爾特人相同的凱爾特語系，因此普遍認為它們在神話與傳承上仍有一定的關聯性。

凱爾特語系文化與「亞瑟王傳說」的交集，不僅限於故事的舞台與歷史背景，往往與語言亦有著密不可分的關聯。許多登場人物的名字源自於凱爾特語系，而故事場景也多位於凱爾特語仍然流傳的地區。

此外，信仰與傳承等文化層面上也受到影響。古代凱爾特人以太陽為信仰核心，這些精神融入了反映史實的神話與傳說中。即使是妖精，也常被視為身處於生活周遭的神靈。

統御這類信仰的祭司被稱為「德魯伊」（Druid），德魯伊的角色有時也擔負輔佐王者的職責。在「亞瑟王傳說」中，引導王者角色的魔法師梅林，正是承襲了德魯伊的特質。隨著基督教的傳播，德魯伊的地位逐漸被修道士所取代，但神話與傳承依舊透過詩歌流傳至今。

012

序章 閱讀「亞瑟王傳說」前應了解的事

凱爾特神話的四大體系

凱爾特神話可分為四大體系：來寇神話群、芬恩傳說群、阿爾斯特神話群，以及馬比諾吉四枝。其中，收錄馬比諾吉四枝的中世紀威爾斯神話故事集《馬比諾吉昂》，亦包含與亞瑟王相關的傳說。

來寇神話群	愛爾蘭的起源神話，講述米爾之子們戰勝妖精族，成為愛爾蘭的祖先。
芬恩傳說群	以3世紀初的愛爾蘭英雄芬恩‧麥克庫爾（Fionn mac Cumhaill）與費奧納騎士團為主，描寫他們與超自然勢力的戰鬥。
阿爾斯特神話群	以基督誕生前後的愛爾蘭勇者庫胡林為核心，講述英雄們的冒險故事。
馬比諾吉四枝	由4篇故事組成，以南威爾斯的達維德王子普蘭德利為共同登場人物，收錄於《馬比諾吉昂》。

- 《瑪比諾吉昂》
收錄了4篇瑪比諾吉故事、《庫爾威奇與歐雯》（Culhwch and Olwen）（⇒P51），此外還包含3部亞瑟王傳奇。

統御信仰的德魯伊

在凱爾特文化圈的社會中，存在著一群以靈性與宗教領域來輔佐國王的智者集團。而位居其頂端階層的德魯伊，不僅承擔著輔佐國王的職責，還肩負著指導國政方針的重任。

- 亞瑟王世界的德魯伊？魔法師梅林
被視為魔法師源流的梅林，運用魔法輔佐亞瑟王。梅林驚人的預知能力，以及與國王並肩協助治理國家的形象，儼然為德魯伊特質的具象化。因此，「亞瑟王傳說」也被視為凱爾特文化圈的神話與傳承的一部分。

槲寄生與橡樹
據說德魯伊視寄生於橡樹上的槲寄生為神聖之物。

亞瑟王的真身是熊？

熊約翰
亦可說為法國版的「金太郎」民間故事。在14世紀的作品《佩塞福雷奇傳》（Perceforest）中，出現了一名叫「魯梭」的角色，彷彿約翰的形象。

狂戰士
指的是北歐神話中的野獸戰士，能進入忘我的戰鬥狀態。

在古法語文獻中，亞瑟王被記作「Artu」或「Artus」，這與凱爾特語中表示「熊」的詞彙有關。此外，亞瑟王拔出聖劍「埃克斯卡利伯」的經典場景，或許也暗示了他擁有如同熊般的異常力量。在古代，熊是權力的象徵，人們敬畏並崇拜其強大與勇猛的力量。除了身披熊皮的北歐狂戰士「貝爾塞克」（Berserker）之外，英雄貝奧武夫的名字也被認為與熊有關。而法國人氣極高的民間故事《熊約翰》，描寫熊與人類之間的關係，展現男孩的成長歷程，更與「亞瑟王傳說」有著深厚的關聯。

013

兼具英勇氣魄與高貴品格的騎士

騎士指的是受封領地、與國王締結主從關係的戰士階級，他們以英勇氣魄驅逐邪惡，以基督的慈悲心幫助弱者。在中世紀歐洲，騎士不僅是男性追求的理想形象，更是備受景仰的存在。

騎士與基督信仰
在中世紀歐洲，作為基督代理人的教皇，其權勢甚至凌駕於政治頂端的國王之上。隨著騎士團「十字軍」的成立，騎士肩負起驅逐異教徒、收復聖地耶路撒冷的使命，從此與基督信仰緊密相連。

● **騎士道與騎士道故事**
騎士不僅需對領主效忠，更需具備鋤強扶弱、憐憫婦孺的美德。這套「騎士道」逐漸發展成獨特的文化，並於12世紀達到巔峰，進一步催生出描寫騎士冒險與浪漫愛情的文學作品。

亞瑟王的傳承如何演變為「亞瑟王傳說」？

聖殿騎士團　條頓騎士團　聖墓騎士團　馬爾他騎士團　聖地牙哥士團

外敵逼近之際，不列顛人逃往威爾斯等地，並在不列顛島南部定居。這些地區保留了凱爾特語文化，儘管在中世紀歐洲信仰核心基督教的影響下，並未被徹底排除，凱爾特神話與傳說仍得以流傳，且於中世紀彙編成威爾斯的神話故事集《瑪比諾吉昂》。

同時，來自威爾斯的修道士蒙茅斯的傑佛瑞，撰寫了以英雄亞瑟王與賢者梅林活躍事蹟為主題的歷史故事。這部作品融合了法國宮廷文化與騎士文化，描寫違背基督教戒律的禁忌之戀浪漫愛情故事。結合基督教的聖杯傳說，塑造出騎士的英雄典範精神，形成充滿冒險色彩的故事。

到了15世紀，這些傳說由湯瑪斯·馬洛禮集大成，完成了《亞瑟王之死》。

「亞瑟王傳說」的誕生

第一任英格蘭國王亨利二世，為了強化王權而關注亞瑟王傳說。懷抱王位野心的傑佛瑞因此獻上《不列顛尼亞列王史》。隨後，宮庭文學家們以此為素材，陸續創作出融合宮庭愛情與騎士冒險的經典名作。最終，馬洛禮將這些作品整合為《亞瑟王之死》。然而，由於相關文獻廣泛多樣，無法將其中任何一部單獨視為「亞瑟王傳說」的唯一經典原典。

1066 年 諾曼王朝成立

蒙茅斯的傑佛瑞
來自南威爾斯的格溫特地區，出生於蒙茅斯的修道士。

約1138年：《不列顛尼亞列王史》
約1150年：《梅林的一生》
蒙茅斯的傑佛瑞（中世紀拉丁語）

亨利二世

● 試圖成為亞瑟王繼承者的亨利二世

亨利二世繼承了法國大臣諾曼第公爵的地位。然而，在當時的法國，卡爾大帝（查理羅曼紐大帝）的傳說被視為王權的正統象徵並廣為流傳。為了與之抗衡，亨利二世便大力推動傳奇英雄亞瑟王的故事，使其成為新的象徵。

1154 年 亨利二世即位

1155年：《布魯特傳奇》
作者：韋斯（古法語）

艾莉諾阿基坦
亨利二世的王后，原本是法國王妃，曾拓展法國宮庭文化至英格蘭。

約1165年：《崔斯坦傳說》
貝洛爾（Béroul，古法語）
約1170年：《崔斯坦傳說》
托馬（Thomas of Britain，古法語）

約1177～81年：《蘭斯洛主君與馬車騎士》
約1181年：《珀西瓦里或聖杯傳奇》
克雷蒂安・德・特魯瓦（古法語）

獅心王理查一世
理查一世繼承了亨利二世的遺志，登上英格蘭王位，並將自己的劍命名為聖劍「埃克斯卡利伯」。

1189 年 第三次十字軍東征開始
1191 年 亞瑟王的墓被發現

約1210年《帕爾茲瓦爾》
沃爾夫拉・馮・埃森巴哈（Wolfram von Eschenbach，中古高地德語）

約1200年：《聖杯起源傳說》
約1210年：《梅爾朗》
羅伯特・德・布倫（Robert de Boron，古法語）

蘭斯洛＝聖杯輪迴（通俗文學）

約1220年：《蘭斯洛傳》
約1225年：《聖杯的探索》
約1230年：《亞瑟王之死》
作者不詳（古法語）

廷塔基爾城堡
當英格蘭王朝與亞瑟王傳說交織在一起時，便在與亞瑟王有淵源的土地上建造了建築物。其中之一便是據說為亞瑟王誕生地的廷塔基爾城堡。

1233 年 建設廷塔基爾城堡

後期通俗文學本

約1240年：蘭斯洛＝聖杯輪迴的再構成
作者不詳（古法語）

1284 年 併吞威爾斯
1339 年 英法百年戰爭開始

約1240～50年：《散文崔斯坦》
利斯・德爾・伽（Luce De Gat）與耶里・多・伯隆（Helie de Boron，古法語）

約1469～70年：《亞瑟王之死》
湯瑪斯・馬洛禮（中古英語）

◆ 了解「亞瑟王傳說」的相關資料 ◆

「亞瑟王傳說」的經典原著有許多作品，
而將這些作品加以整理、彙編成集的著作，
便是湯馬斯·馬洛禮的《亞瑟王之死》。
建議先閱讀此書，以掌握故事的脈絡。

―《亞瑟王傳說》的集大成―

✝ 亞瑟王之死
Le Morte Darthur

製作年分：1469～1470年完成，1485年出版
作者：湯馬斯·馬洛禮（1415－18～1471年）
語言：中古英語
登場人物：亞瑟王／蘭斯洛特／高文／崔斯坦／加拉哈德 等
日譯書籍：《亞瑟王傳說》I～V（井村君江譯／筑摩書房）
解說：《亞瑟王之死》幾乎收錄了所有主要的「亞瑟王傳說」。當馬洛禮撰寫此書時，亞瑟王與圓桌騎士的故事多半是以法語書寫，幾乎沒有英語版本的文獻。《亞瑟王之死》的誕生，使「亞瑟王傳說」得以在英國延續至今。時至今日，當人們提及「亞瑟王傳說」時，腦海中浮現的那些故事，大多都可以追溯到這本書。

威廉·卡克斯頓
卡克斯頓是英國首位引進活版印刷術的人。《亞瑟王之死》這部作品的問世，正是經由他的印刷技術實現。據說在書籍完稿初期，馬洛禮原本將其命名為《亞瑟王與高貴的圓桌騎士》。

愛德華四世
英格蘭國王，同時也是卡克斯頓的庇護者與摯友。

● **《亞瑟王之死》與活版印刷**
在馬洛禮逝世後，《亞瑟王之死》由英格蘭第一位印刷商威廉·卡克斯頓發行，成為英國印刷史上的重要里程碑。《亞瑟王之死》不僅在英國廣為流傳，也因活版印刷技術的發展，使其影響力遍及全世界。卡克斯頓的貢獻極為關鍵，從出版史的角度來看，《亞瑟王之死》堪稱是一部極具意義的作品。

故事概要

本作品涵蓋了亞瑟王的誕生、蘭斯洛特與王后的禁忌之戀、崔斯坦與伊索德的悲劇愛情等所有重要故事。由於受到法語作品群的影響，蘭斯洛特與崔斯坦在此作中亦被塑造成近乎主角的角色，這也是其一大特色。

第1卷	全28章	敘述亞瑟王的誕生傳說，從童年經歷到即位的過程，以及他與逆子莫德雷德的恩怨。
第2卷	全19章	聖杯傳說的前奏，講述雙劍騎士貝林及詛咒之劍的故事。
第3卷	全15章	亞瑟王與桂妮薇爾的婚姻，以及高文成為圓桌騎士的經過。
第4卷	全29章	魔法師梅林之死、高文、伊凡與馬赫斯的冒險旅程。
第5卷	全12章	亞瑟王征服羅馬皇帝盧修斯（Lucious），並登上帝位的過程。
第6卷	全18章	與表兄弟萊奧內爾爵士（Lionel）的冒險，以及蘭斯洛特的戰功。
第7卷	全36章	有「美麗的手」稱號，高文弟弟加雷斯（Gareth）的故事。
第8卷	全41章	講述崔斯坦的成長歷程、與伊索德的禁忌之戀，以及與白手伊索德的婚姻。
第9卷	全44章	描寫拉科特・馬爾泰（La Cote Male Taile）的故事、帕羅米德斯（Palomides）對「嘶鳴獸」的追尋，以及被康沃爾王放逐後，崔斯坦與圓桌騎士們的邂逅。
第10卷	全88章	崔斯坦與伊索德為愛私奔的故事，以及他與蘭斯洛特的深厚情誼。
第11卷	全14章	蘭斯洛特之子加拉哈德的誕生，以及聖杯首次於珀西瓦里面前顯現。
第12卷	全14章	蘭斯洛特接受聖杯懺悔的洗禮，以及崔斯坦與帕羅米德斯之間的糾葛。
第13卷	全20章	加拉哈德獲選為「危險之座」的騎士，並正式開啟尋找聖杯；同時，蘭斯洛特因與王后的不倫之戀，無法接近聖杯。
第14卷	全10章	珀西瓦里在尋找聖杯的旅途中，遭遇邪惡勢力的阻撓。
第15卷	全6章	蘭斯洛特得知加拉哈德是自己親生兒子的故事。
第16卷	全17章	加拉哈德、萊奧內爾與波爾斯兄弟的尋找聖杯之旅。
第17卷	全23章	加拉哈德、珀西瓦里與波爾斯完成尋找聖杯的事蹟。
第18卷	全25章	蘭斯洛特拯救因殺人嫌疑而遭難的桂妮薇爾，以及愛上蘭斯洛特的女子伊萊恩（Elaine）的故事。
第19卷	全13章	蘭斯洛特為營救桂妮薇爾而駕車奮戰的經過。
第20卷	全22章	蘭斯洛特與桂妮薇爾的不倫戀曝光，蘭斯洛特與亞瑟王之間的戰爭迫在眉睫，以及與高文的恩怨世仇。
第21卷	全13章	莫德雷德的叛亂、亞瑟王的最終命運，以及蘭斯洛特的贖罪之路。

…與聖杯傳說相關的故事　　…與蘭斯洛特相關的故事
…與崔斯坦相關的故事　　…與其他圓桌騎士相關的故事

◆ 依作品不同而異的**人物名稱** ◆

「亞瑟王傳說」中，登場人物的名稱會因作品所使用的語言而有所不同。本書整理了主要人物名稱的各種語言對應，方便讀者與本書中使用的名稱進行比較。

本書中的名稱	英語	威爾斯語	拉丁語
亞瑟	Arthur	Arthur	Arturus
伊索德	Iseult / Isoud / Isolt	Essyllt	—
高文	Gawain	Gwalchmai	Gualguanus / Waluuanius
加拉哈德	Galahad	—	—
桂妮薇爾	Guinevere	Gwenhwyfar	—
崔斯坦	Tristram	Drystan	—
凱	Kay	Cei	Kaius
珀西瓦里	Percival	Peredur	—
帕羅米德斯	Palomides / Palamedes	—	—
馬赫斯	Marhaus	—	—
梅林	Merlin	Myrddin	Merlinus
摩根勒菲	Morgan le Fay	—	Morgen
莫德雷德	Mordred	Medrawd	Modredus
伊凡	Uwaine / Ywain	Owein	—
蘭斯洛特	Lancelot	—	—

法語	義大利語	德語	荷蘭語
Arthur	Artù	Artus	—
Iseut / Yseut	Isotta / Isolda	Isolt / Isade / Isolde	—
Gauvain	Calvano	Gawan / Gawein	Walewein
Galaad	Galasso	—	—
Guenièvre	Ginevra	Ginover	—
Tristan	Tristano	Tristan / Tristrant	—
Keu	—	Keye	—
Perceval	Percivalle	Parzival	Perchevael
Palamède	Palamedes	—	—
Le Morholt	—	Morolt	—
Merlin	Merlino	Merlin	Merlijn
Morgane	Fata Morgana	—	—
Mordred	Mordred	—	—
Yvain	—	Iwein	—
Lancelot	Lancialotto	Lanzelet	Lanceloet

018

英雄亞瑟王的誕生與圓桌騎士團的崛起

◆第一章的登場人物與故事概要◆

亞瑟雖然身為統治不列顛島的國王烏瑟・潘德拉貢之子誕生，但卻被撫養長大為騎士之子。然而，他最終被聖劍選中，成為父王的繼承者，創立圓桌騎士團，在梅林的輔佐下統一不列顛。

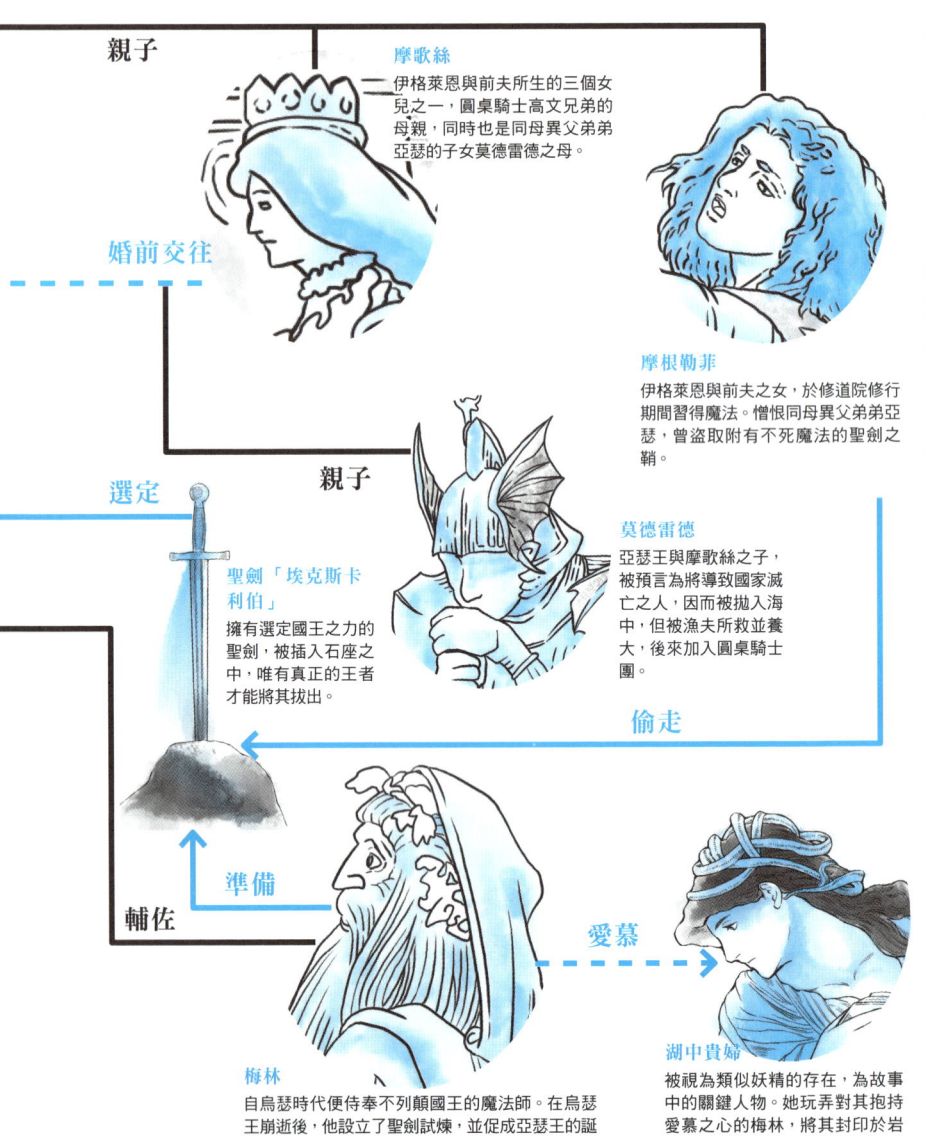

親子

摩歌絲
伊格萊恩與前夫所生的三個女兒之一，圓桌騎士高文兄弟的母親，同時也是同母異父弟弟亞瑟的子女莫德雷德之母。

婚前交往

摩根勒菲
伊格萊恩與前夫之女，於修道院修行期間習得魔法。憎恨同母異父弟弟亞瑟，曾盜取附有不死魔法的聖劍之鞘。

選定

親子

聖劍「埃克斯卡利伯」
擁有選定國王之力的聖劍，被插入石座之中，唯有真正的王者才能將其拔出。

莫德雷德
亞瑟王與摩歌絲之子，被預言為將導致國家滅亡之人，因而被拋入海中，但為漁夫所救並養大，後來加入圓桌騎士團。

偷走

輔佐

準備

愛慕

梅林
自烏瑟時代便侍奉不列顛國王的魔法師。在烏瑟王崩逝後，他設立了聖劍試煉，並促成亞瑟王的誕生，亦被稱為「惡魔之子」。

湖中貴婦
被視為類似妖精的存在，為故事中的關鍵人物。她玩弄對其抱持愛慕之心的梅林，將其封印於岩石之下，使其自故事中退場。

020

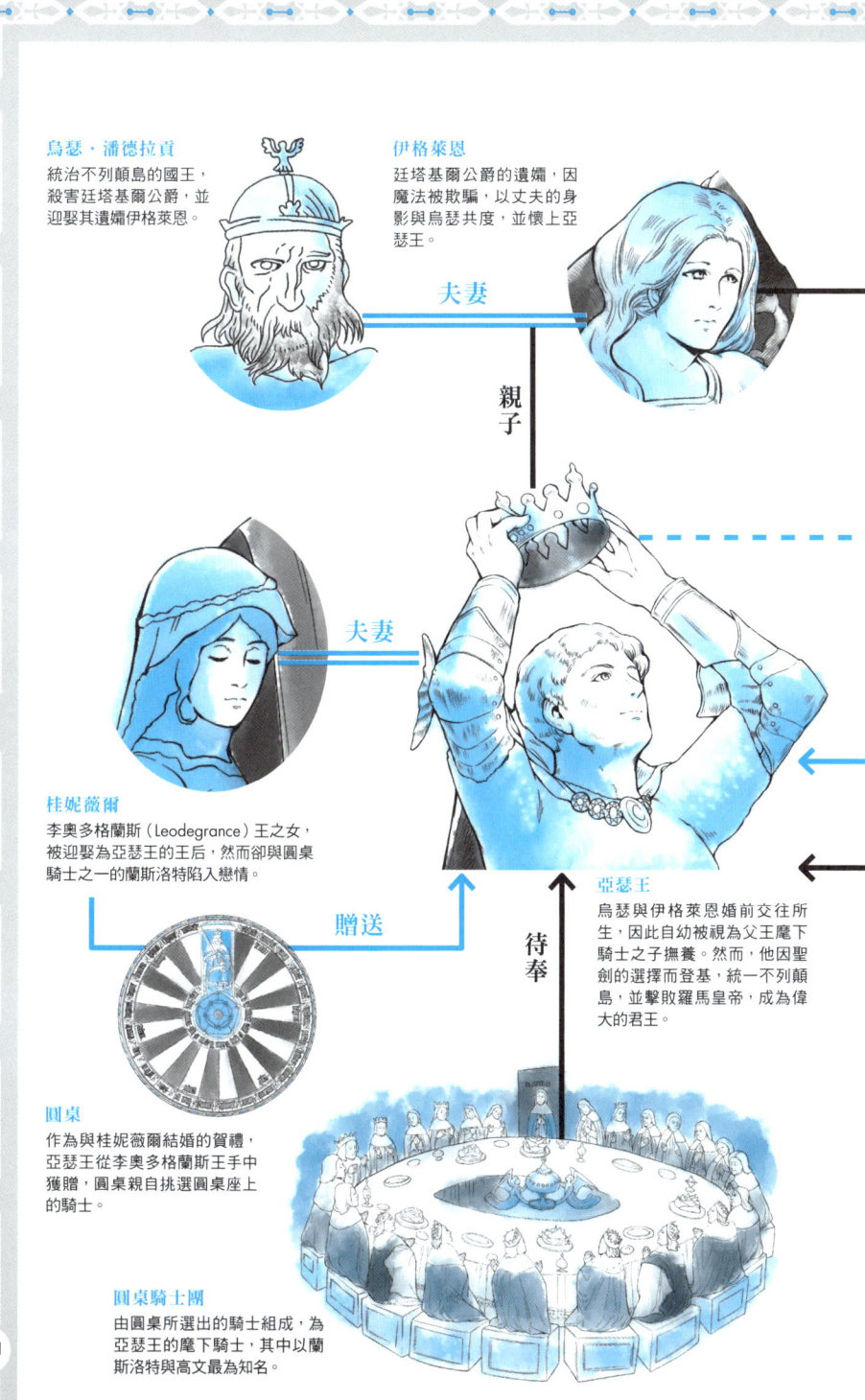

被預言將成為亞瑟王之父的 烏瑟・潘德拉貢

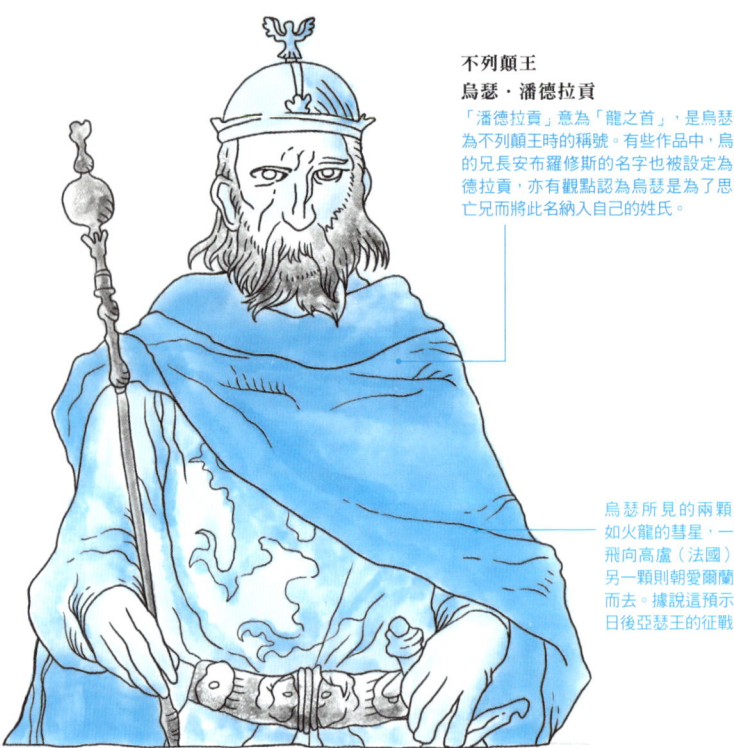

不列顛王
烏瑟・潘德拉貢
「潘德拉貢」意為「龍之首」，是烏瑟成為不列顛王時的稱號。有些作品中，烏瑟的兄長安布羅修斯的名字也被設定為潘德拉貢，亦有觀點認為烏瑟是為了思念亡兄而將此名納入自己的姓氏。

烏瑟所見的兩顆宛如火龍的彗星，一顆飛向高盧（法國），另一顆則朝愛爾蘭海而去。據說這預示了日後亞瑟王的征戰。

亞瑟王的祖父是不列顛尼亞的君主，卻遭到沃蒂根（Vortigern）臣子的毒害，王位也被篡奪。當時，不列顛島正面臨外敵侵襲，而沃蒂根為了穩固權力，竟允許撒克遜人入侵，使得不列顛人對他怨恨不已。亞瑟的伯父安布羅修斯因此起兵討伐，並成為國王。

安布羅修斯的弟弟烏瑟則在戰爭期間，看見兩顆赤紅燃燒的龍形彗星劃破天際。他感到不解，於是詢問隨軍的魔法師梅林。梅林解釋說：「這是神祕的徵兆，安布羅修斯將會被害，而你的子女將會推翻外敵，成為統一不列顛之王。」烏瑟果然繼承了兄長的志業，最終成為國王，他的兒子正是亞瑟王。

022

暴君沃蒂根與紅白龍的傳說

沃蒂根為了對抗撒克遜人，試圖建造一座防禦之塔，卻屢次崩塌。於是，他向魔法師梅林求助，梅林指出問題出在地底。經過挖掘，發現地下有紅龍與白龍相互爭鬥，最終被逼入絕境的紅龍逆襲反敗為勝。梅林解釋道，紅龍象徵不列顛人，而白龍則代表撒克遜人。

沃蒂根
據《不列顛人的歷史》（⇒P42）等文獻記載，沃蒂根允許撒克遜人入侵不列顛，並迎娶撒克遜王的女兒，因此被視為導致不列顛衰亡的國王之一。

紅白龍與威爾斯的國旗
紅龍象徵不列顛人的靈魂，代表不列顛文化的延續。即使在今日，這一象徵仍體現在威爾斯的國旗之上。

成為威爾斯象徵的紅龍

梅林所預言的紅龍傳說，在文化層面深受不列顛影響的威爾斯廣為流傳。到了15世紀，擁有威爾斯王族血統的英格蘭國王亨利七世，將紅龍納入自己的盾徽，以此借助紅龍與亞瑟王傳說的象徵力量，來強化自身的王權。自此，紅龍不僅成為英格蘭的象徵之一，更被正式納入威爾斯的國旗，流傳至今。

初期英格蘭國徽　　　　　　亨利七世盾徽

以惡魔之子之名誕生的 魔法師梅林

魔法師梅林
關於梅林的原型，有一種說法認為，他可能源自威爾斯傳說中的「幼年先知安布羅休斯」（艾姆里斯）與「野人默丁」（Myrddin），而非單一人物。

在《不列顛尼亞列王史》（⇒P42）中，他以「安布羅休斯·梅里努斯」（Merlinus）的拉丁名字出現。法語中稱為「梅爾朗」（Merlin），而義大利語則作「梅爾利諾」（Merlino）。

據說他出生時擁有從未見過的鬈曲赤紅髮絲，母親說「與我的父同名」，這也成為他名字的由來（出自《梅爾朗》）。

與梅林擁有類似野人傳說的角色，在蘇格蘭的「萊洛肯」（Lailoken）與愛爾蘭的「蘇恩」（Shuibhne）等傳說中亦有所記載。

　　梅林預言了亞瑟王的誕生，因此被宮廷奉為御用魔法師。他的預言能力被視為絕對靈驗，甚至有人相信，他掌握著凱爾特文化中傳承的古老智慧。關於梅林的形象，有學者認為，他可能融合了多位歷史人物與神話傳說中的德魯伊祭司，並因此具象化為一個角色。

　　梅林被認為精通所有魔法，甚至能夠變身為牡鹿等動物。蒙茅斯的傑佛瑞在《不列顛尼亞列王史》（⇓P42）中，將梅林描寫為人類母親與精靈「夢魔」交合所生，基督教信仰傳播之後，「夢魔」的概念逐漸與「惡魔」畫上等號，使得梅林亦成為惡魔之子。至13世紀前半，梅林的身世被進一步改編。在《梅爾朗》（⇓P43）中，他一誕生即立刻受水洗，故未落入惡魔之手，而是獲得神賦予的超自然力量，導引出故事的整合性。

因惡魔誘惑而誕生的梅林

基督教的傳播使惡魔無法再輕易蠱惑人心，為了對抗上帝之子耶穌基督，惡魔們企圖創造出「惡魔之子」，作為與基督敵對的存在。於是，他們引誘一名受神聖庇佑較為薄弱的人類女子，使其與夢魔交合，而誕下的孩子正是梅林。

根據《梅爾朗》的記載，惡魔殺害了一名男子的妻子、兒子與家畜，使他對上帝的信仰動搖，進而將其女兒從神的庇護中奪走。這名女子為了重新獲得神聖的庇佑，遵從祭司的教誨，嚴格守戒，但最終仍敵不過惡魔的誘惑，並懷上了梅林。

惡魔
向梅林之母施以夢魔誘惑的惡魔，在基督教信仰中是與上帝對立的存在，擾亂人心，使人陷入肉體與精神的痛苦之中。然而，據說它們無法對上帝虔誠信仰的人出手。

夢魔
夢魔會在人的夢中現身，使人受苦，並與其交媾。據說，男性形態的夢魔稱為「淫魔」（Incubus），女性形態則稱為「魅魔」（Succubus）。不過，在基督教信仰普及之前，夢魔被認為是居住於地與月之間的精靈，是神聖的種族。

牡鹿與「亞瑟王傳說」的關聯

在古代凱爾特人的信仰中，牡鹿被視為神聖的象徵之一，其鹿角更被當作護身符使用。此外，凱爾特人的神官德魯伊與牡鹿關係密切，與梅林相關的傳說中也保留了牡鹿的元素。與梅林同樣自古以來即見於文獻記載的圓桌騎士——高文，其故事中亦帶有自然而神祕的尋找白鹿意象，「亞瑟王傳說」可被視為凱爾特語族文化的遺蹟之一。

百獸之神凱爾努諾斯
在凱爾特文化中，諸神常以牡鹿或野豬等動物的形象示人。其中，長有牡鹿角的神祇——凱爾努諾斯，被視為統御萬獸之神，主掌狩獵與豐饒。他不僅擁有預知未來的能力，還能夠變身，而梅林唯一一次化為動物的變身形態，便是化為牡鹿。

- **《亞瑟王最初的武勳》**
（別名《通俗文學系梅爾朗物語續編》）
在《梅爾朗》成書約30年後，另一位作者創作了圍繞梅林的續篇——《亞瑟王最初的武勳》。在這部作品中，梅爾朗（即梅林）化身為生有五隻鹿角的牡鹿，並在場景設定上與羅馬皇帝相當接近。

在《梅林的一生》中，梅林曾以贈送禮物之名拜訪已再嫁的前妻，並變身為鹿現身於她面前。但是，他最終無法壓抑憤怒，拔下鹿角投擲向她將其殺害。

在《沃蒂根的紅白龍傳承》（⇩P 23）中，存在不同的說法。梅林延續紅白龍的寓言，他提及沃蒂根將會遭受安布羅修斯與烏瑟兄弟的復仇。當安布羅修斯奪回王位，他與梅林商討欲建立戰死者的紀念碑，梅林回應道，應從愛爾蘭運回巨石「巨人們的舞蹈」（Giants' Dance），並將其排列成環狀。據說，這些當時被指示安置的巨石群，正是今日英國南部的巨石陣（Stonehenge）。

相傳安布羅修斯的弟弟烏瑟當上國王後，梅林則以宮廷魔法師的身分被延攬入宮，運用魔法之力輔佐烏瑟國王。

這樣的故事結構「亞瑟王傳說」前傳，被納入以梅林為主角的《梅爾朗》的故事中。而以《梅爾朗》為契機，使梅林融入「亞瑟王傳說」的故事時，亦作為烏瑟王之子亞瑟王的輔佐角色登場，梅林逐漸成為奇幻作品中不可或缺的魔法師代表性角色。

巨石文化與巨石陣

在英國南部及法國布列塔尼地區，至今仍保留著人工排列的巨石遺跡。由於這些遺跡的年代與凱爾特語族的出現期相重疊，因此推測古代凱爾特人可能擁有獨特的巨石文化，而巨石陣正是這類巨石文化的代表。所以，在相關傳說中出現梅林的身影，也不足為奇。

負責興建巨石陣的梅林。《不列顛尼亞列王史》記載，過去巨人曾將巨石從非洲最遙遠的土地運往愛爾蘭。

● 巨石陣
位於英國南部的環狀列石，被列為世界遺產。當日光照射時，投下的神祕陰影使其與凱爾特文化圈的太陽信仰產生關聯。

026

描寫瘋狂梅林的《梅林的一生》

在「亞瑟王傳說」中登場的梅林，精通豐富多彩的魔法與絕對的預言能力，並擔任亞瑟王的輔佐者，是一位偉大的宮廷魔法師。然而，有一部作品描寫了與這種普遍形象大相徑庭、陷入瘋狂的梅林，那便是以拉丁文記載的《梅林的一生》。

《梅林的一生》與記錄亞瑟王生涯的歷史書《不列顛尼亞列王史》同樣出自蒙茅斯的傑佛瑞之手，並以梅林為主角。其中最具特色的一點，是以亞瑟王死後的世界為背景。廣為人知的「亞瑟王傳說」中，梅林因被湖中妖精囚禁而從故事中消失，而在《梅林的一生》中，亞瑟王死後梅林依然存活，他因痛苦與戰爭的殘酷而陷入瘋狂，對人類生厭，據說內心存在瘋狂的因子，開始與森林中的野生動物共同生活。

不過，他的預言能力在瘋狂狀態下反而變得更加敏銳。他預言了一名少年將遭遇的三重死亡：「從懸崖跌落」、「因樹木而死」、「溺水而亡」。最終，該少年果真滑倒跌落懸崖，被樹木絆到腳，最後僅頭部沉入河流溺斃，應驗了這段「三重死亡」的預言。

《梅林的一生》中陷入瘋狂的梅林，與「亞瑟王傳說」裡的梅林形象相去甚遠，使人難以將兩者視為同一人。但有一種說法認為，這或許只是描寫了梅林晚年的模樣，而非完全不同的角色。至於這兩者是否為同一人物，研究學者們至今仍未有定論。

梅林精神異常的描寫，以及「三重死亡」的傳說，被認為可能與威爾斯傳說中被視為梅林原型之一的「野人默丁」有所關聯。

亞瑟王的誕生與獲得聖劍「埃克斯卡利伯」的過程

> 目前在各種作品中皆有登場，但其形狀等細節不明，尚未有固定的視覺形象。

● 最初的持有者是高文？
在克雷蒂安·德·特魯瓦的《珀西瓦里》（⇒P82）中，亞瑟王的外甥高文曾經手持聖劍「埃克斯卡利伯」。因此，有一種說法認為，聖劍的最初持有者並非亞瑟王，而是高文。

當凱察覺到亞瑟取來的劍正是誓約勝利的聖劍時，他將劍帶到父親埃克特（Ector）面前，並聲稱是自己拔出了這把劍。然而，赫克托察覺到凱的謊言，要求他將劍放回原本的石座，再次嘗試拔出。此時，凱不得不坦白真相。

選中王者的聖劍「埃克斯卡利伯」

亞瑟誕生兩年後，烏瑟因病去世，諸侯為了爭奪空缺的王位，使國家陷入動盪不安之中。梅林於聖誕節當天召集諸侯，並讓石座上插著的劍現身。石座上以金字刻著：「能將此劍拔出之人，當為王。」眾人紛紛嘗試拔劍，卻無一人成功。

被預言將成為偉大君主的亞瑟王，自幼便被梅林隱藏身世，並以騎士埃克特之子的身分撫養成人。這是因為亞瑟王的父親烏瑟王，對敵對的廷塔基爾公爵之妻伊格萊恩一見鍾情，並生下了亞瑟。

亞瑟如同埃克特的親生兒子，與凱如親兄般成長。某日，凱在馬上長槍比武時忘了帶劍，便命令亞瑟去尋找一把合適的劍。亞瑟偶然發現了一把插在石座上的奇異之劍，輕易地將其拔出並帶回給凱。看到這把劍的埃克特知曉亞瑟真正的身世，因此將其視為能夠繼承王位之人。而這把劍，正是烏瑟王逝世後，梅林讓其現身於世的聖劍「埃克斯卡利伯」。不過，在正式登基之前，亞瑟仍需多次拔劍並接受眾貴族的見證。然而，也有許多不願承認他的諸侯，因此戰爭一觸即發。

028

第一章 英雄亞瑟王的誕生與圓桌騎士團的崛起

亞瑟王誕生祕話

對廷塔基爾公爵之妻伊格萊恩一見傾心的烏瑟,設下圈套讓廷塔基爾公爵離開城堡,並趁機將其殺害。隨後,烏瑟運用梅林的魔法變身為廷塔基爾公爵的模樣,趁夜潛入城堡,來到等待丈夫歸來的伊格萊恩身邊。伊格萊恩誤以為眼前之人是自己的丈夫,便順從的將自己獻給了他,因此懷上了亞瑟。不久之後,廷塔基爾公爵的死訊傳開,烏瑟迎娶了伊格萊恩。然而,他腹中的孩子亞瑟,因為烏瑟曾向梅林承諾,要將孩子交給他撫養,以換取能與伊格瑞恩相會的機會,因此最終不得不將其交出。

兩把聖劍——石中劍與湖中劍

相傳,亞瑟在與反對其即位的佩利諾爾王決鬥時,聖劍被折斷了。於是,在梅林的引導下,他前往拜訪被稱為「湖中貴婦」的妖精,並從她手中獲得了一把嶄新的聖劍。不過,這把劍究竟與先前折斷的聖劍是否為同一把,還是完全不同的另一把劍?至今學者間仍不得而知。若視其為同一把劍,則可解釋為曾經斷裂的聖劍經過鍛造後重生;若視為另一把劍,則可將其解讀為劍之持有者踏入新的成長階段的象徵。

作為王者證明的聖劍
聖劍象徵著亞瑟從少年步入青年,從一介騎士成長為君主的歷程。

來自湖中貴婦的聖劍
此劍象徵亞瑟正式踏上偉大王者之路。據說,這把聖劍的劍鞘被施加了不死之魔法。

029

同母異父姊姊摩歌絲與亞瑟王的私生子 莫德雷德

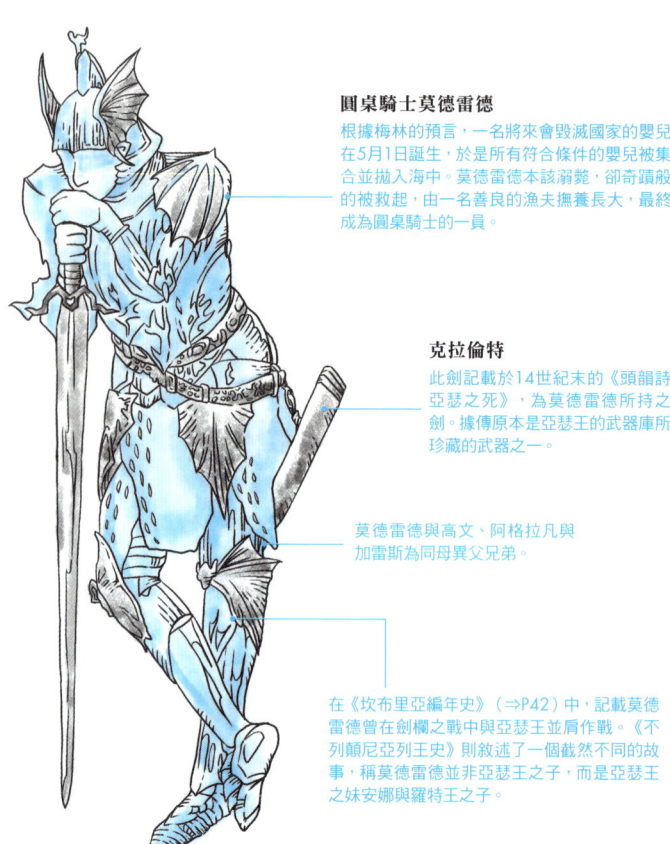

圓桌騎士莫德雷德
根據梅林的預言，一名將來會毀滅國家的嬰兒在5月1日誕生，於是所有符合條件的嬰兒被集合並推入海中。莫德雷德本該溺斃，卻奇蹟般的被救起，由一名善良的漁夫撫養長大，最終成為圓桌騎士的一員。

克拉倫特
此劍記載於14世紀末的《頭韻詩亞瑟之死》，為莫德雷德所持之劍。據傳原本是亞瑟王的武器庫所珍藏的武器之一。

莫德雷德與高文、阿格拉凡與加雷斯為同母異父兄弟。

在《坎布里亞編年史》（⇒P42）中，記載莫德雷德曾在劍欄之戰中與亞瑟王並肩作戰。《不列顛尼亞列王史》則敘述了一個截然不同的故事，稱莫德雷德並非亞瑟王之子，而是亞瑟王之妹安娜與羅特王之子。

亞瑟王的母親伊格萊恩與前夫廷塔基爾公爵育有三名女兒——摩歌絲、摩根勒菲與伊萊恩。當亞瑟王即位時，她們皆已各自嫁給了不同的國王，因此亞瑟王從未與她們見過面。

某日，亞瑟王與諸侯們浴血奮戰至拂曉，隨後帶著高文等四位兒子前往羅特王的城堡拜訪。然而，美麗的王妃對亞瑟王一見鍾情，兩人情投意合，最終共度一夜，亞瑟王宛如墮入了詭異的惡夢之中。當亞瑟王向梅林尋求建議時，羅特王妃與他共度一夜的事情被揭發，並且震驚的發現，王妃竟是亞瑟王的同母異父姊姊摩歌絲。而更令人驚訝的是，摩歌絲已經懷上了亞瑟王的孩子。相傳，他即是誕生於5月1日，日後成為威脅亞瑟王與王國的存在。

這名孩子便是之後侍奉亞瑟王的圓桌騎士之一——莫德雷德。

030

亞瑟王與三位同母異父姊妹

根據馬洛禮的《亞瑟王之死》，亞瑟王有三位同母異父姊妹。長女摩歌絲的四名兒子皆被選入圓桌騎士團，而三女摩根勒菲則在修道院修行，成為擅長魔法的重要人物。另一方面，次女伊萊恩的相關故事則幾乎沒有出現在傳說中。

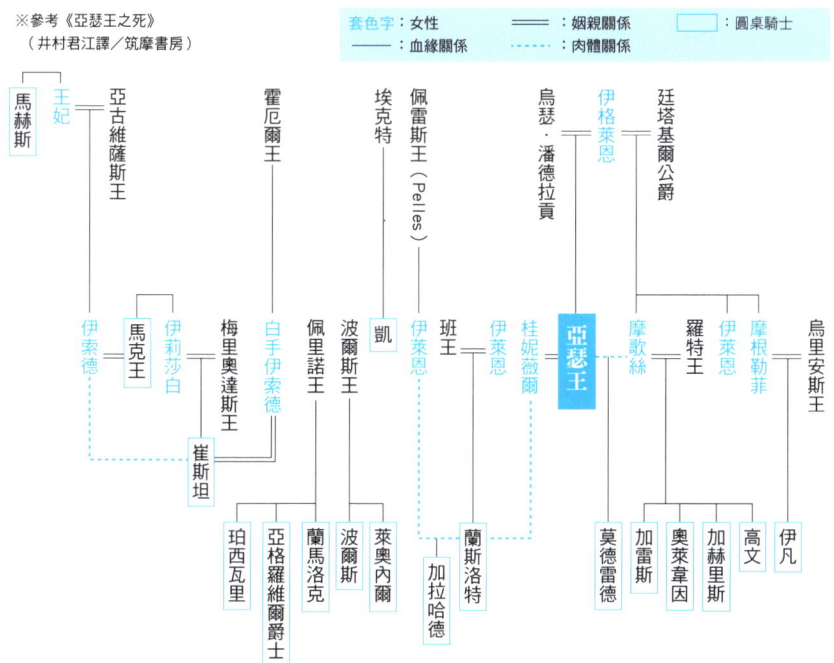

※參考《亞瑟王之死》
（井村君江譯／筑摩書房）

加雷斯
嚮往年紀相差甚多的兄長們，懇求母親允許自己成為圓桌騎士。

摩歌絲與摩根勒菲是同一人嗎？

與亞瑟王生下私生子的摩歌絲，有一種說法認為她即是亞瑟王的另一位同母異父姊妹──摩根勒菲。法語名「摩歌絲努」與「摩歌絲」的發音相近，因此可能導致兩者混淆。

摩歌絲
「摩歌絲」這個名字，源自其夫──羅特王領地的名稱「奧克尼」的變化體，極可能原本另有其名。在與亞瑟王發生關係時，有的作品描述她並未認知到二人是同母異父兄妹，有的作品則認為她是故意為之。此外，也有作品將摩歌絲設定為亞瑟王的親妹妹。

亞瑟王與桂妮薇爾的婚禮

兩人的婚禮儀式在教堂中隆重舉行，展開一場盛大的宴會。然而，就在此時，一隻白鹿與30隻獵犬突然闖入。緊接著，一位騎著白色駿馬的貴婦出現，隨後又有一名身披鎧甲，騎著巨馬的騎士將她擄走。

不顧梅林反對，亞瑟王迎娶**桂妮薇爾**

婚禮於卡美洛的聖史蒂芬教堂舉行。

● **新晉圓桌騎士高文前往營救貴婦**
宴會一度陷入騷亂，但很快便決定派遣圓桌騎士前去拯救貴婦。而在這個緊要關頭，剛剛才被召來參加婚禮的高文被指派執行這項任務。

亞瑟王即位後，與反對他的諸侯們展開激戰，但在平定局勢後，他便向梅林詢問婚姻的事宜。為確保王室的安定，向來總是催促亞瑟王結婚的的梅林，得知此事大為欣喜，並詢問亞瑟王是否已有意中人。亞瑟王則回答，他心儀的是李奧多格蘭斯王的女兒——桂妮薇爾。李奧多格蘭斯王深受先王烏瑟的信任，而桂妮薇爾更是名滿天下的絕世美女。不過，梅林卻反對這門婚事，認為她並非理想的王后人選，原因在於梅林能夠預見未來，知道桂妮薇爾最終會對侍奉亞瑟王的騎士蘭斯洛特動心。

儘管如此，亞瑟王依舊執意迎娶桂妮薇爾，無視梅林的反對。李奧多格蘭斯王贈送了一張圓桌給亞瑟王作為婚禮的賀禮，這張圓桌正是過往烏瑟王委託給李奧多格蘭斯王的。

032

「亞瑟王傳說」的關鍵詞──圓桌

最早提及圓桌的是《不列顛的故事》（⇒P43），其中將圓桌描述為亞瑟王所打造的一張餐桌，使騎士們能夠平等就座。但是，到了12世紀後半，撰寫「亞瑟王傳說」的一位作家克雷蒂安‧德‧特魯瓦，將圓桌視為一個組織名稱。後來，圓桌又與基督最後的晚餐產生聯結，羅伯特‧德‧布倫結合了這兩種概念，賦予圓桌「餐桌」與「組織」的雙重意涵。

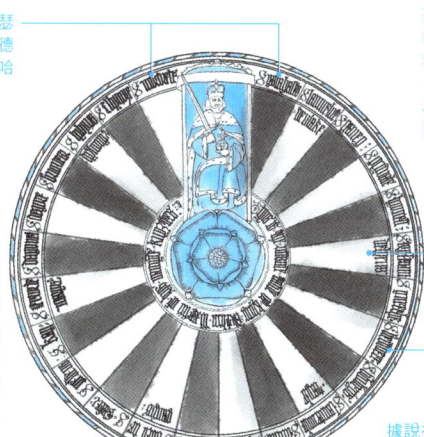

溫徹斯特城的圓桌上繪有亞瑟王的形象，左側刻有莫德雷德的名字，而右側則刻有加拉哈德的名字。

- 圓桌的座席數是12？
座位數因作品而異，但若與耶穌基督的血統相關係，圓桌便會對應於耶穌的12位門徒。此外，在1100年成立的《羅蘭之歌》中，英雄查理曼（即卡爾大帝）麾下的騎士人數也是12人。

英國溫徹斯特城內的中世紀城堡大廳間牆上，懸掛著據稱為亞瑟王圓桌天板的物件（⇒P11）。這張圓桌直徑約5.5公尺，上面記載了包含亞瑟王在內的25位騎士之名。

據說被選入圓桌的騎士，其名字會以金色字體顯現。

卡美洛城堡

作為亞瑟王的居城而聞名的卡美洛，據說擁有擺放圓桌的大廳堂、聖斯蒂芬教堂，以及可舉行馬上槍術比武的大型場地。在馬洛禮的《亞瑟王之死》中，前往迎接伊索德的崔斯坦因遭遇暴風而漂流至英格蘭，其登陸之地據描述似乎鄰近卡美洛，但確切位置仍不明。

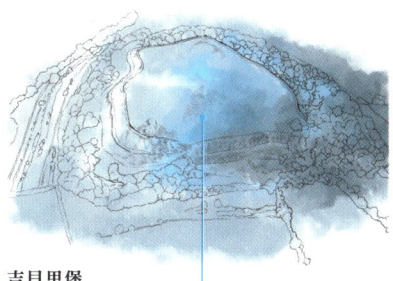

吉貝里堡
關於卡美洛的所在地，曾提出數個候選地點，如卡利恩遺跡、溫徹斯特城堡等，吉貝里亦是其中之一。

以亞瑟王為中心，圓桌騎士團的建立

無階級之分的圓桌

儘管有時會提及座次，但圓桌基本上沒有固定席位，不強調君臣關係。即便是國王，也能如亞瑟王一般成為圓桌騎士團的成員。

在《不列顛的故事》中，據說亞瑟王設立圓桌是為了平等對待臣子。不過，關於桌子的形狀並無明確記載，因此也可以解釋為「環形排列的餐桌」。

作為婚禮賀禮贈予亞瑟王的圓桌，會挑選聚集於此的騎士，組成「圓桌騎士團」。圓桌的席位與成員數量因作品而異，範圍從12人至1600人不等，範圍相當廣。在克雷蒂安‧德‧特魯瓦的作品中，提及所有圓桌騎士的排列，而第一個總是高文。

「亞瑟王傳說」中圓桌最早出現，可追溯至韋斯於1155年所著的《不列顛的故事》中。此外，聖劍「埃克斯卡利伯」的法語名稱也是首次出現在此書中。到了13世紀前半葉，當時基督教文化進入鼎盛時期，羅伯特‧德‧布倫的作品深受「最後的晚餐」的影響。從此，圓桌上出現了一個稱為「危難之席」的空位，據說該席位與耶穌的叛徒猶大之詛咒有關。

034

圓桌騎士團的成員與席位數量因作品而異

根據拉赫蒙所著的英國歷史書《布魯特》，圓桌可容納多達1600人。而在據傳為羅伯特·德·布倫所作的散文《珀西瓦里》中，圓桌騎士的數量為12人；《尋找聖杯》則設定為150人；至於馬洛禮的《亞瑟王之死》，其圓桌騎士的數量為150人（或140人）。

蘭斯洛特爵士 ⇒P88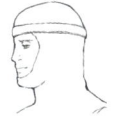
出身於法國的地方國家貝尼克，被湖中貴婦撫養長大，因此又被稱為「湖之騎士」。亞瑟王傳說的早期文獻中未見其蹤影，而是在中世紀盛期後才被加入的角色。

高文爵士 ⇒P48
亞瑟王的外甥，在早期文獻中被描繪為最優秀的騎士，並被視為圓桌騎士團的領袖。然而，在部分後來的作品中，他的地位逐漸被蘭斯洛特取代。

珀西瓦里爵士 ⇒P68
佩里諾王（Pellinore）之子，三位完成尋找聖杯的騎士之一。根據中世紀德語作品的記載，他的兒子被德國劇作家華格納的歌劇《珀西瓦里》視為主角「白鳥騎士」羅恩格林。

加拉哈德爵士 ⇒P66
蘭斯洛特與伊萊恩（佩雷斯王之女）之子，自幼在修道院中成長。他是唯一能夠坐上「危難之席」的騎士，被視為純真無瑕的聖潔騎士。

崔斯坦爵士 ⇒P110
里奧涅斯國梅里奧達斯之子，養父為馬克王。他與養父之妻伊索德之間的悲戀故事，成為音樂與舞臺劇的經典題材，並以《崔斯坦與伊索德》之名廣為人知。

貝德維爾爵士 ⇒P54
威爾斯傳說中流傳的獨臂騎士，早在亞瑟王傳說形成的初期便已登場。

莫德雷德爵士 ⇒P30
亞瑟王與同母異父姊姊摩歌絲之子，為私生子。他最終導致圓桌騎士團與整個王國的崩潰。

加雷斯爵士	高文的幼弟，也以「博梅因」之名為人所知。	凱爵士	埃克特爵士之子，與亞瑟一同成長的義兄弟。
波爾斯爵士	波爾斯王之子，三位成功完成尋找聖杯的騎士之一。	帕羅米德斯爵士	原為伊斯蘭教騎士，擁有獨特的背景經歷。
蘭馬洛克爵士	佩里諾王之子，與高文兄弟對立，最終遭到殺害。	阿格拉凡爵士	高文的弟弟，經常被描寫為反派角色。
伊凡爵士	摩根勒菲之子，擁有「與獅同行的騎士」之異名。	佩里諾王	與亞瑟王交戰時折斷了聖劍「埃克斯卡利伯」，是蘭馬洛克的父親。

035

湖中貴婦與梅林的關係

兩人之間雖然沒有肉體關係，但梅林一直追隨湖中貴婦，伺機而動。據說，梅林曾向湖中貴婦發誓「不對她使用魔法」。這是因為湖中貴婦認為梅林是惡魔之子，對他心生恐懼。

沉溺於湖中貴婦的愛戀，梅林從此消失

在與湖中貴婦同行的旅途中，梅林多次使用魔法引發不可思議的現象。他最終在巨石下創造了一處神祕的空間，並被湖中貴婦封印於其中。

● 描繪梅林倖存的作品
《梅林的一生》（⇒P27）
湖中貴婦使梅林從故事中退場，但仍有作品描繪他倖存下來的模樣。在這些作品中，梅林因戰亂失去兄弟與夥伴而陷入瘋狂，最後隱居於森林，與野生動物共度餘生。

湖中貴婦最終承接了梅林的角色，成為輔佐亞瑟王的重要存在。

圓桌騎士團剛成立不久，便有一位被稱為「湖中貴婦」的妖精來到亞瑟王的宮庭，她又被稱為「薇薇安」或「妮妙」。梅林對她深深著迷，甚至收她為弟子，將自己所有的魔法毫無保留地傳授給她。後來，他決定隨湖中貴婦一同離去。在出發旅行前，梅林曾對亞瑟王做出預言，表示自己的時日已不多，並警告亞瑟王身邊的女性將奪走聖劍並盜取劍鞘，接著他說：「即使擁有再多的力量，死亡仍無法避免。」便離開城堡展開旅程。

起初，梅林與湖中貴婦一同旅行，盡情享受旅途。然而，對於無論走到哪裡都跟隨在側的梅林，湖中貴婦逐漸感到厭煩。最終，她施法將梅林封印於巨石下的洞穴之中。雖然梅林早已察覺到這一結局，但因為對湖中貴婦的深愛，他最終還是順從了自己的命運。

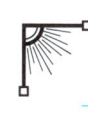

湖中貴婦的真實身分

湖中貴婦是傳說中賜予亞瑟王聖劍,帶走年幼的蘭斯洛特並撫養他長大等重要事件中登場的妖精。她的名稱並不固定,曾以「薇薇安」、「妮妙」、「伊萊恩」等不同名字出現,使其形象難以確定。此外,由於她能夠使用魔法,且其名字帶有「妖精」的涵義,因此有說法認為她與亞瑟王的同母異父姊摩根勒菲是同一人物。由此推測,湖中貴婦並非指單一個體,而是原本各自獨立的角色,在傳承的過程中逐漸混雜,最終匯聚成單一形象。另有觀點認為,湖中貴婦並非一個具體的名字,而是一種頭銜或稱號。

湖中貴婦之「湖」的實際地點尚不明確,然而,康沃爾的多茲瑪麗池(Dozmary Pool)是其中一個地點。

梅林最初的棲身之地 —— 布羅塞里昂森林

位於法國布列塔尼的布羅塞里昂森林中,相傳有梅林的墓地。此森林與湖中貴婦淵源深厚,當地可見被稱為「湖中貴婦之家」的巨石群、傳說中湖中貴婦撫養蘭斯洛特的湖泊,以及據說是梅林與湖中貴婦相遇之地的巴朗通之泉。

巴朗通之泉
湖中貴婦與梅林相遇之地。據傳,兩人的初次相遇並非發生在亞瑟王的居城,而是在遠古時期的巴朗通之泉相識,並多次幽會。

梅林之墓
據傳為梅林的墓地遺跡。根據某些說法,湖中貴婦曾將梅林封印於此墓附近的一棵樹下。

「亞瑟王傳說」的反派——摩根勒菲

摩根勒菲是反派角色，她鍥而不捨的對亞瑟王施加詛咒與邪惡計謀。除了盜取劍鞘的故事外，還有贈送給亞瑟王披風，一旦披上身體便會陷入烈焰焚燒的情節流傳於世。

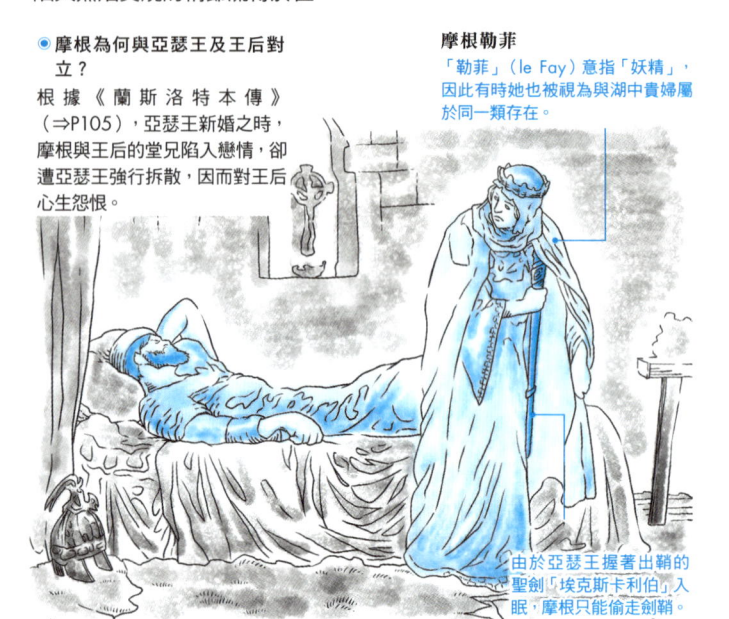

● 摩根為何與亞瑟王及王后對立？
根據《蘭斯洛特本傳》（⇒P105），亞瑟王新婚之時，摩根與王后的堂兄陷入戀情，卻遭亞瑟王強行拆散，因而對王后心生怨恨。

摩根勒菲
「勒菲」（le Fay）意指「妖精」，因此有時她也被視為與湖中貴婦屬於同一類存在。

由於亞瑟王握著出鞘的聖劍「埃克斯卡利伯」入眠，摩根只能偷走劍鞘。

同母異父姊姊摩根勒菲 盜走聖劍的劍鞘

被親近的女子奪走聖劍與劍鞘，正如梅林的預言，亞瑟王被幻影欺騙，失去了聖劍「埃克斯卡利伯」。此時，一名為埃克隆的騎士向他發起挑戰。不知為何，亞瑟王的手中仍握有聖劍。亞瑟王成功奪回聖劍後，詢問原委，才得知這一切皆是他的同母異父姊姊摩根勒菲所策劃的陰謀，而那把劍鞘正是摩根獻給他的。這一切，都是摩根操縱魔法策劃的計謀。

日後，當摩根得知自己的計謀失敗後，心生悲憤，策馬奔向亞瑟王的居城。當她得知亞瑟王依舊熟睡時，便潛入寢室，打算偷走聖劍。然而，由於亞瑟王緊握著劍，她無法將其奪走，只能偷取劍鞘，並將其丟入湖中。這把劍鞘蘊含「治癒傷勢，永生不死的力量」的魔法，但亞瑟王失去劍鞘後，便不再是不死之身了。

038

摩根在各作品中的不同角色

作為反派角色的摩根，其原型被認為是愛爾蘭的戰神摩莉甘。她曾向英雄庫胡林表白愛意卻遭到拒絕，於是成為阻撓他的存在。然而，在不同的作品中，摩根有時會被視為亞瑟王另一位同母異父姊姊摩歌絲，有時則作為精靈之一，引導受傷的亞瑟王前往名為阿瓦隆（Avalon）的島嶼，她的角色因作品而有極大的差異。

阿瓦隆的女王
（《梅林的一生》）

摩根最早出現在蒙茅斯的傑佛瑞《梅林的一生》中，作為阿瓦隆的女王摩根。她是九位姊妹中的長姊，而九人的名字以M、C、T三個字母中開頭的各有三個，這被認為是源自凱爾特文化圈中的大女神「三位一體」形象的遺跡。此外，她與希臘神話的命運三女神摩伊賴（Moirai），以及北歐神話的諾倫（Norn）亦有深厚的關係。

魔女三姊妹之一
（《瘋狂的奧蘭多》）

在1100年左右誕生的法國武勳詩《羅蘭之歌》與其相同主角的義大利騎士道敘事詩《瘋狂的奧蘭多》中登場的摩根，被稱為法塔摩加納，是魔女三姊妹之一。據說，摩加納會與騎士們相戀，但當她感到厭倦時，便會將對方變成動物，「法塔摩加納」在義大利語中意指「海市蜃樓」。

戰鬥女神摩莉甘
（愛爾蘭的《阿爾斯特物語群》）

作為摩歌絲原型的女神摩莉甘，擁有變身為烏鴉的能力。據說，在故事主角庫胡林臨死之際，她停棲在他的肩上，為其收取最後的氣息。或許，現今所見將亞瑟王送往阿瓦隆的摩根形象，正是承襲自摩莉甘。此外，摩莉甘的原始形象深受「夢魔女王」意象的影響。

亞瑟王與羅馬皇帝的對決

亞瑟王在歐洲大陸擴展勢力，與當時的強權——羅馬皇帝盧修斯（拉丁語名盧基烏斯）展開決戰。在這場對決中，據說超過10萬名羅馬士兵戰死沙場。

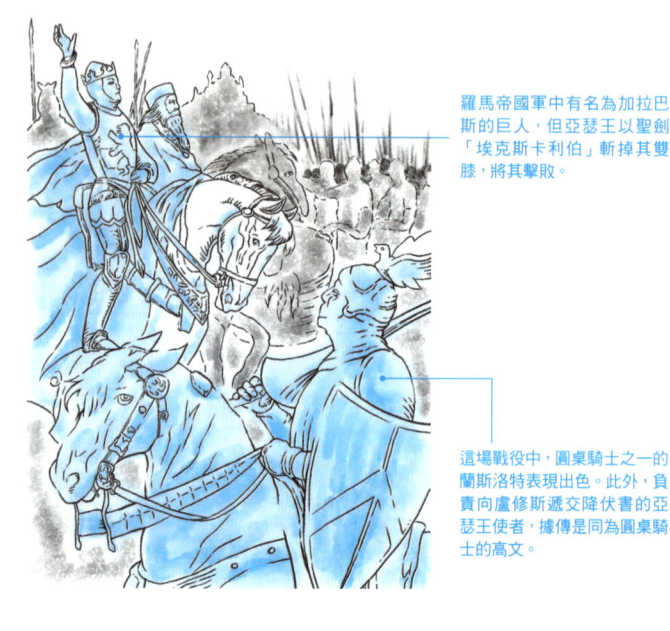

亞瑟王統一不列顛，並戰勝羅馬皇帝

羅馬帝國軍中有名為加拉巴斯的巨人，但亞瑟王以聖劍「埃克斯卡利伯」斬掉其雙膝，將其擊敗。

這場戰役中，圓桌騎士之一的蘭斯洛特表現出色。此外，負責向盧修斯遞交降伏書的亞瑟王使者，據傳是同為圓桌騎士的高文。

雖然預言者梅林曾經預言，失去聖劍的劍鞘將導致亞瑟王失去「不死的魔法」，但亞瑟王依舊成功統一不列顛島，平定了反抗的諸侯。亞瑟王的聲勢不減反增，進一步將勢力擴展至愛爾蘭與高盧（即法國地區）。

聽聞亞瑟王的擴張時，這讓羅馬皇帝盧修斯感到不安，於是派遣使者勸亞瑟王歸順。然而，亞瑟王在諸侯的勸說下，仍毅然拒絕屈服，並對羅馬帝國正式宣戰，親自率軍出征。面對來勢洶洶的亞瑟王，盧修斯試圖反擊，並試圖拖長戰局以扭轉劣勢。雙方陷入激戰，戰況僵持不下。最終，亞瑟王發動決戰，在騎士對決中，以聖劍「埃克斯卡利伯」從頭部中央一劍劈開盧修斯的首級，徹底擊潰羅馬軍，取得勝利。

就這樣，亞瑟王征服了羅馬，建立起一個涵蓋羅馬的大帝國，隨後凱旋歸返不列顛島。

亞瑟王的領地與歷史的關聯

「亞瑟王傳說」是以史實為基礎的創作，與實際歷史並不完全相符。現存史料中，確定與亞瑟王相關的記載僅有516年左右的巴頓山戰役（⇒P9）與537年左右的劍欄之戰。在這個時期，羅馬帝國早已不復存在，不列顛島仍處於諸多小國爭戰的「七王國時代」（⇒P10）。

- **從6世紀前半的歐洲來看亞瑟王的推測領地**
  在「亞瑟王傳說」中，亞瑟王的勢力範圍遠超過史實，不僅統治不列顛島，更擴張至冰島、愛爾蘭、瑞典等北歐諸國，甚至進一步征服法國。最終，他擊敗羅馬皇帝，統治義大利，建立了一個可與羅馬帝國最大版圖相匹敵的龐大帝國。

亞瑟王的版圖（推測）

諸斯人
不列顛尼亞
皮克特人
盎格魯－撒克遜人
丹人
蓋爾人
蘇格蘭人
不列顛人
勃艮第王國
法蘭克王國
瑞典王國
東哥特王國
西哥特王國

與亞瑟王同時代的兩位「皇帝」

關於亞瑟王是否曾於6世紀前半葉實際存在，仍存有討論空間。在這一時期的歐洲，曾分裂為東西兩部分的羅馬帝國中，西羅馬帝國早已滅亡，只剩下以希臘為中心擴展的拜占庭帝國。換言之，傳說中亞瑟王所擊敗的羅馬皇帝盧修斯很可能只是虛構人物。不過，當時確實有歷史上被稱為「皇帝」的重要人物存在。

狄奧多里克大王（454～526年）
東哥德族之王。在羅馬滅亡後，他成為義大利的統治者，並據稱曾被羅馬市民尊稱為「奧古斯都」（皇帝）。

克洛維一世（約466～511年）
法蘭克王國的開國君主。他曾被東羅馬帝國授予「奧古斯都」（皇帝）的稱號。

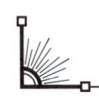

◆ 了解**亞瑟王**的相關資料 ◆

從最初將亞瑟王作為傳說人物加以記述的作品，
到後來廣泛流傳，使其逐漸被視為歷史上真實存在的人物的作品，
本章將依照時間順序加以介紹。

―― 亞瑟王的名字見於最古老的歷史書 ――
✝ 不列顛人的歷史
Historia Britonum

製作年分：約829～30年
作者：傳說中的內尼厄斯
語言：拉丁語
登場人物：亞瑟王／梅林／沃蒂根　等
日譯書籍：《不列顛人的歷史》（瀨谷幸男譯／論創社）

解說：本書記述了凱爾特系不列顛人統治不列顛島的時代歷史，並涵蓋了日後日耳曼系盎格魯－撒克遜人的小國群起紛爭的「七王國時代」。傳統上認為此書由尼紐斯編纂，不過其真實性仍有存疑。亞瑟王在書中被描寫為不列顛軍的戰鬥隊長，雖未稱王，但率軍迎擊入侵的撒克遜軍，並取得12場勝利。

―― 記錄劍欄之戰的威爾斯歷史書 ――
✝ 坎布里亞編年史
Annales Cambriae

製作年分：10世紀後半（954年以後）
作者：不明
語言：拉丁語
登場人物：亞瑟王／莫德雷德
日譯書籍：無

解說：本書記錄了以威爾斯為中心，涵蓋康沃爾、英格蘭等地的歷史事件。「坎布里亞」是威爾斯地區周邊的古稱。本書記載了梅德勞特（即莫德雷德）與亞瑟王在537年的劍欄之戰中雙雙戰死。然而，書中並未明確說明二人是否為敵對關係。

―― 最早完整記載亞瑟王生涯的年代記 ――
✝ 不列顛列尼亞列王史
Historia Regum Britanniae

製作年分：約1138年
作者：蒙茅斯的傑佛瑞（約1100～55年）
語言：中世紀拉丁語
登場人物：亞瑟王／烏瑟・潘德拉貢／梅林／高文／莫德雷德　等
日譯書籍：《不列顛尼亞列王史》（瀨谷幸男譯／南雲堂鳳凰）

解說：書自傳說中的布魯圖斯（Brutus）開始到7世紀，記述了約1900年間不列顛歷代國王的統治與事蹟，其中便包含亞瑟王的登場。亞瑟王的誕生、與桂妮薇爾的婚姻，以及與莫德雷德的決戰等，許多現今流傳的亞瑟王傳說大致源自此書。然而，本書幾乎未提及圓桌騎士的事蹟，蘭斯洛特和崔斯坦也未曾出現。此外，本書的另一大特色是將亞瑟王描寫為統治整座不列顛島的君主，而非僅是一名率軍抗敵的將領。

042

―― 首部以古法語撰寫圓桌騎士的作品 ――

✝ 不列顛的故事
Roman de Brut

製作年分：1155 年
作者：韋斯（約 1110～83 年）
語言：古法語
登場人物：亞瑟王／高文／莫德雷德／烏瑟・潘德拉貢／梅林　等
日譯書籍：《法國中世文學選集 I》收錄〈亞瑟王的生涯〉（原野昇譯／日本社）

解說：本書是《不列顛尼亞列王史》的法語改寫版，記述從特洛伊戰爭到7世紀的不列顛歷史。書中記載：「亞瑟王讓布立吞人之間流傳的傳說具象化，設立了一張圓桌」，這是文獻中最早出現「圓桌」概念的記載。此外，本書的另一個特色是將亞瑟傳說「故事化」，即強調敘事的娛樂性。此外，英國聖職者拉赫蒙（Lahamon）以《布魯特物語》為基礎，撰寫了亞瑟王傳說的首部英語版本《布魯特》。由於與其他版本區別，這部作品也被稱為「拉赫蒙之《布魯特》」。

―― 首次描寫石中劍傳說的作品 ――

✝ 梅爾朗
Merlin

製作年分：約 1210 年
作者：羅伯特・德・布倫（12～13 世紀）
語言：古法語
登場人物：梅林／亞瑟王／沃提岡／安布羅修斯　等
日譯書籍：《西洋中世奇譚集——魔法師梅林》（橫山安由美譯／講談社）

解說：本書講述梅林的誕生、作為預言者的活躍、輔佐王權的經歷，以及亞瑟的誕生與即位過程。最重要的創新之處在於：亞瑟王從石中拔出聖劍「埃克斯卡利伯」以證明自己為不列顛正統之王的情節，首次出現在本書中。

―― 確立亞瑟王作為歷史人物的作品 ――

✝ 散文布魯特
Prose Brut

製作年分：13～15世紀
作者：不明
語言：中世英語
登場人物：亞瑟王／凱／桂妮薇爾／高文／莫德雷德　等
日譯書籍：無

解說：本書大致沿襲《不列顛尼亞列王史》的敘事脈絡，但壓縮了亞瑟王傳說的奇幻成分，強調歷史性，因此亞瑟王開始被視為真正的歷史人物。該作品在中世紀後期的英格蘭極受歡迎，1480 年威廉・卡克斯頓將其編纂為《英格蘭編年史》並出版。

◆掌握故事關鍵的**妖精們**◆

亞瑟王獲得聖劍「埃克斯卡利伯」，或魔法師梅林被幽禁於岩穴之中——這些關鍵情節的幕後，總有重要角色在推動發展，那便是湖中貴婦。在神話與傳承中，「貴婦」這一稱謂往往指妖精，換言之，湖中貴婦便是「湖之妖精」，亦可視為水神的象徵。

妖精是居住於異界，與人間有所區別的存在。例如，迪士尼電影《彼得潘》中登場的奇妙仙子（Tinker Bell）便代表了一般大眾熟悉的妖精印象「小型有翅」。然而，在「亞瑟王傳說」中出現的妖精，則經常被描繪為與人類女性無法區別的美麗外表，甚至極端的強調其外貌的魅惑力。此外，妖精魔法常與語言息息相關，妖精的發言即成為施展妖術的咒語。在凱爾特文化圈中，人們甚至可能將妖精視為「言語的女神」。

妖精有時也被視為近在身邊的存在。在英國，自古以來便有人相信妖精的存在。劇作家莎士比亞的《仲夏夜之夢》中，妖精被描寫為擁有變身能力，姿態千變萬化的存在，時而愛惡作劇，時而憤怒而作祟，這種調皮又難以捉摸的形象也影響了後世的創作。此外，在J.R.R.托爾金的《哈比人歷險記》與《魔戒》中，則將妖精重新塑造為「美麗且高貴」的存在，稱之為「Elf」，而將邪惡的妖精稱為「Orc」。妖精的

的存在。在凱爾特神話中，記載愛爾蘭起源傳說的《愛爾蘭來寇》一書中，其中描述了先住民族的神祇因被人類打敗，而被驅逐至地底世界，最終成為妖精般存在的逸事。

此外，民間傳說亦記載，民謠即是傳承自妖精，而妖精亦會賦予人類智慧或詩歌才等「天賦」。

妖精的形象不僅源於神話與傳承，還受到包括「亞瑟王傳說」在內的各類文學作品影響，在這些因素的塑造下逐漸形成了我們今日所熟知的樣貌。

形象，因其外貌與性格的不同，而進一步細分為各種種族，甚至誕生了介於妖精與人類之間的「Hobbit」，使妖精作為角色概念得以進一步發展。

使用魔法將梅林封印於岩洞之下的湖中貴婦，取代已然退場的梅林，不餘遺力對亞瑟王提供援助。

044

第二章

以亞瑟王的外甥
高文爵士為中心的
圓桌騎士團

◆ 第二章的登場人物與故事概要 ◆

作為亞瑟王的外甥，高文與弟弟們共同擔任圓桌騎士團的中堅力量。他與堂弟伊凡的冒險、與蘭馬洛克（Lamorak）的恩怨，以及與蘭斯洛特的關係，構成了騎士團的重要篇章。讓我們以高文為中心，一同見證圓桌騎士們的英勇事蹟。

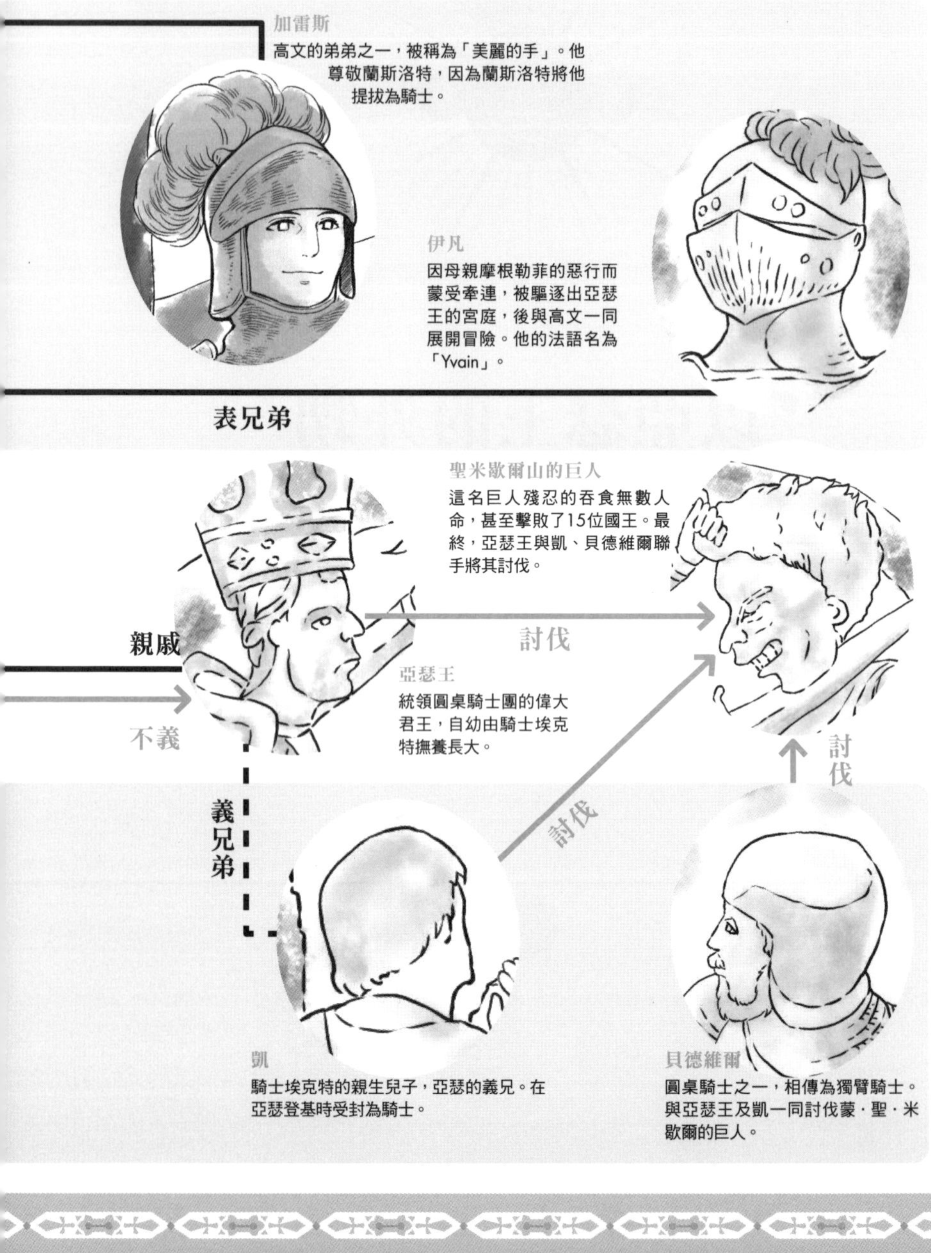

加雷斯
高文的弟弟之一，被稱為「美麗的手」。他尊敬蘭斯洛特，因為蘭斯洛特將他提拔為騎士。

伊凡
因母親摩根勒菲的惡行而蒙受牽連，被驅逐出亞瑟王的宮庭，後與高文一同展開冒險。他的法語名為「Yvain」。

表兄弟

聖米歇爾山的巨人
這名巨人殘忍的吞食無數人命，甚至擊敗了15位國王。最終，亞瑟王與凱、貝德維爾聯手將其討伐。

親戚　討伐

亞瑟王
統領圓桌騎士團的偉大君王，自幼由騎士埃克特撫養長大。

不義　　討伐　　討伐

義兄弟

凱
騎士埃克特的親生兒子，亞瑟的義兄。在亞瑟登基時受封為騎士。

貝德維爾
圓桌騎士之一，相傳為獨臂騎士。與亞瑟王及凱一同討伐蒙·聖·米歇爾的巨人。

046

圓桌騎士團

由圓桌所選拔的騎士們所組成，為亞瑟王效命的騎士團。高文是其中的核心，但最具實力者通常被認為是蘭斯洛特。

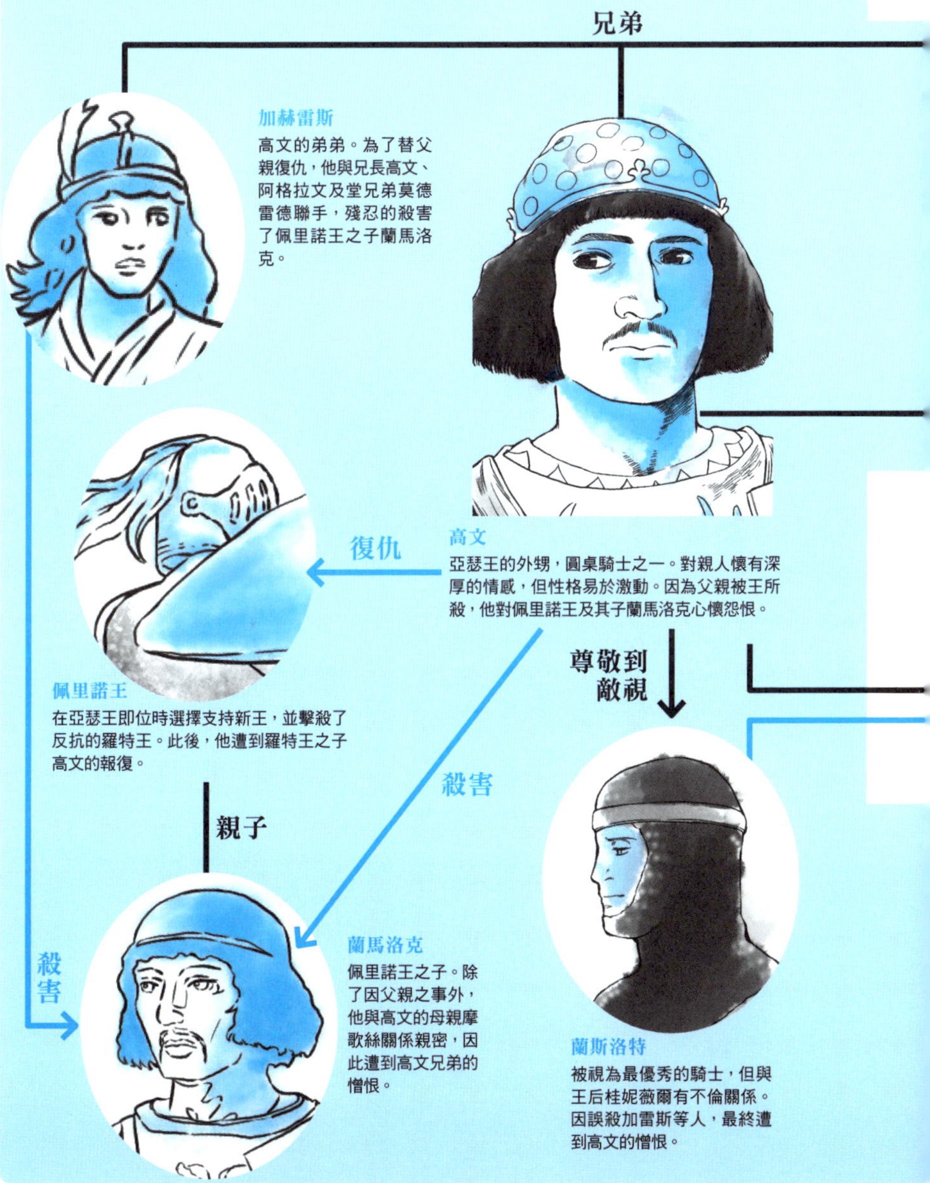

兄弟

加赫雷斯
高文的弟弟。為了替父親復仇，他與兄長高文、阿格拉文及堂兄弟莫德雷德聯手，殘忍的殺害了佩里諾王之子蘭馬洛克。

高文
亞瑟王的外甥，圓桌騎士之一。對親人懷有深厚的情感，但性格易於激動。因為父親被王所殺，他對佩里諾王及其子蘭馬洛克心懷怨恨。

復仇

佩里諾王
在亞瑟王即位時選擇支持新王，並擊殺了反抗的羅特王。此後，他遭到羅特王之子高文的報復。

尊敬到敵視

殺害

親子

殺害

蘭馬洛克
佩里諾王之子。除了因父親之事外，他與高文的母親摩歌絲關係親密，因此遭到高文兄弟的憎恨。

蘭斯洛特
被視為最優秀的騎士，但與王后桂妮薇爾有不倫關係。因誤殺加雷斯等人，最終遭到高文的憎恨。

047

受太陽庇佑、亞瑟王之下最重要的騎士 高文爵士

高文之名的語源長久以來被認為是來自威爾斯語「Gwalchmei」，意為「五月的平原」。不過，最新的研究指出，其名稱也可能源自古愛爾蘭語，意指「馬車之王」。

蘭斯洛特的宿敵高文
在13世紀的古法語散文傳奇中，經常出現高文與蘭斯洛特敵對的情節。在這類故事裡，高文被描寫為殘暴殺人且不顧道義的戰士，而蘭斯洛特則被塑造成理想的騎士，兩者形成強烈對比。

高文是奧克尼的羅特王之子，其母為亞瑟王的同母異父姊妹——摩歌絲。換言之，他是亞瑟王的外甥。然而，高文的父親羅特王在亞瑟王即位時反叛，並與亞瑟王的敵對勢力佩里諾王聯手，最終敗於亞瑟王。

另一方面，身為羅特王之子的高文卻以對亞瑟王的忠誠著稱。他不僅成為圓桌騎士中的首席騎士之一，更是青年騎士的代表性人物。在戰場上始終勇猛無比，並且長年作為亞瑟王的得力助手活躍於傳說之中。

高文在多部作品中擔任主角，但不同時代與作品對其形象的刻畫各不相同。在英語文學中，他被塑造成一位卓越的騎士；然而，在法語文學中，他的形象則逐漸從理想的騎士轉變為一個會背叛同伴、犯下謀殺罪行、冷酷無情的騎士。

048

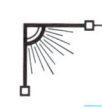

高文的愛馬與愛劍

高文擁有一匹名為格林戈萊特（Gringolet）的愛馬，牠與高文關係緊密，宛如一體。此外，愛劍迦倫提恩（Galatine）亦是高文英勇戰鬥中不可或缺的重要武器。

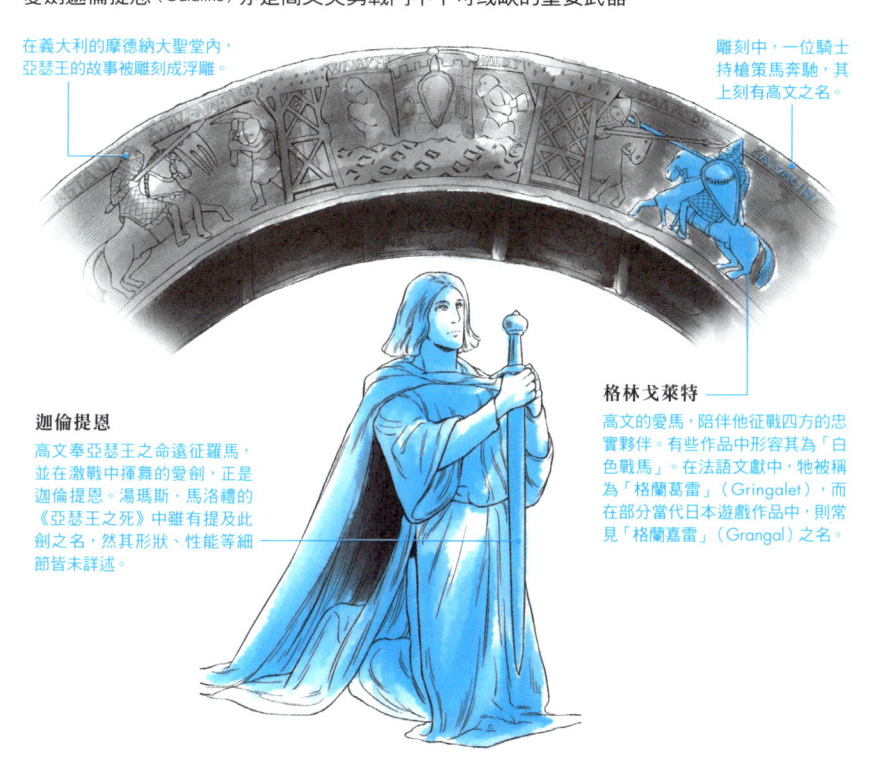

在義大利的摩德納大聖堂內，亞瑟王的故事被雕刻成浮雕。

雕刻中，一位騎士持槍策馬奔馳，其上刻有高文之名。

迦倫提恩
高文奉亞瑟王之命遠征羅馬，並在激戰中揮舞的愛劍，正是迦倫提恩。湯瑪斯・馬洛禮的《亞瑟王之死》中雖有提及此劍之名，然其形狀、性能等細節皆未詳述。

格林戈萊特
高文的愛馬，陪伴他征戰四方的忠實夥伴。有些作品中形容其為「白色戰馬」。在法語文獻中，牠被稱為「格蘭葛雷」（Gringalet），而在部分當代日本遊戲作品中，則常見「格蘭嘉雷」（Grangal）之名。

不同時代的高文形象

高文在早期作品中被視為僅次於亞瑟王的優秀騎士。不過，隨著13世紀法國流傳的故事群逐漸發展，當蘭斯洛特成為敘事核心時，高文則開始被塑造成次要甚至反派角色。進入14世紀後，英格蘭重新創作以高文為主角的故事，使其再度受到讚譽。

高文的誓言
高文曾立誓尊敬女性，絕不違抗她們，並因此被描繪為誠實的騎士。他深受女性喜愛，卻也時常因此而被捲入種種糾紛。

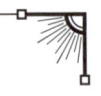

高文最顯著的特徵之一便是太陽的庇佑。當太陽位於上午9時至正午之間的3小時，高文能發揮平時3倍的力量。這項能力可追溯至居住在不列顛群島的古代人們對太陽的信仰，並與凱爾特文化圈的神話相連，顯示出高文的原型可能來自該文化。此外，在中世紀文獻中，奧爾維斯神話故事《庫爾威奇與歐雯》中出現的古哇魯弗曼（Gwalchmai）常被視為對應高文的角色。

在以高文為主角的故事中，最為人熟知的便是《高文爵士與綠騎士》（↓P60）。這部作品誕生於14世紀的英格蘭，正值高文重新受到評價之時。故事中，高文被描繪成身披宮廷華服與鎧甲的騎士，而一名綠色巨人向他發起了一場「斬首遊戲」。這一情節讓人聯想到愛爾蘭的太陽英雄庫胡林傳說，並指出兩者之間的相似性。因此，也有學者認為，高文的原型或許可追溯至庫胡林。

《高文爵士與綠騎士》的故事

聖誕節當天，綠騎士來到亞瑟王的居城卡美洛，向高文發起一場以互砍首級為賭注的遊戲。高文雖然成功砍下騎士的頭顱，但綠騎士卻毫髮無傷的拾起自己的頭，並告訴高文，來年同日須前往「綠色禮拜堂」，接受相同的一擊。為了履行約定，高文踏上了冒險之旅。

受邀拜訪的城堡
在前往「綠色禮拜堂」的途中，高文造訪了一座城堡，並在此受到了城主之妻的誘惑，這其實是城主為了考驗高文的人性而設下的試煉。最終，高文與綠騎士再度相會，騎士僅用斧刃輕輕劃傷高文的頸部，作為懲罰，隨即宣告「斬首遊戲」結束。

綠騎士
城主的真實身分是名為貝爾提拉克的騎士。他受到亞瑟王的同母異父姊摩根勒菲的魔法影響，被變成全身綠色的騎士。高文與貝爾提拉克互相行禮，彼此讚揚對方的禮節與武勇，隨後返回亞瑟王的居城卡美洛。

050

庫胡林
持有名為蓋博爾格（Gáe Bolga）之神槍的半神半人英雄。在無數戰鬥中展現英勇姿態，據說從未對女性出手。

作為太陽英雄的高文

當太陽升起時力量隨之增強的高文，被認為是凱爾特文化圈的英雄，並與太陽神之子庫胡林有所關係。他不僅具備與太陽相關的特質，還擁有首級競技的淵源，以及與馬匹的深厚關聯，這兩點都列為共同特徵。如同凱爾特文化圈的高文，印度史詩《摩訶婆羅多》（Mahābhāratm）中登場的太陽神之子迦爾納（Karṇa）也同樣蘊藏與高文相似的力量。本來的高文帶有濃厚的古代信仰色彩，是一位充滿神性的角色，但由於「亞瑟王傳說」深受基督教影響，他的神話特質逐漸淡化。

第二章　以亞瑟王的外甥高文爵士為中心的圓桌騎士團

《庫爾威奇與歐雯》是什麼？

《庫爾威奇與歐雯》是一則收錄於《馬比諾吉昂》（Mabinogion）（⇒P13）中的故事。庫爾威奇是亞瑟王的親族，他因繼母的詛咒而愛上巨人之女歐雯。為了迎娶歐雯，庫爾威奇向亞瑟王請求協助，並與凱、貝德維爾及高文等人一同前往求婚。然而，歐雯的父親巨人之王提出了一系列幾乎不可能完成的難題來阻撓庫爾威奇。即便如此，庫爾威奇仍克服所有試煉，最終與歐雯結為連理。類似的求婚試煉故事亦可見於凱爾特文化圈的神話傳說之中，由此可見亞瑟王傳說與古代神話之間的關聯。

此外，庫爾威奇這個名字的原意為「豬巢中的叫聲」，據說是因其母親在野豬巢穴前生下他，才取了庫爾威奇這個名字。

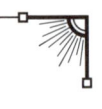

馴服獅子的宮庭浪漫英雄 伊凡爵士 的冒險

伊凡是烏里安斯王與摩根勒菲之子，亦即亞瑟王的外甥。然而，摩根勒菲不僅是亞瑟王的同母異父姊妹，也是一位致力推翻亞瑟王的魔女。

某日，亞瑟王打算賞賜一件斗篷，這時一名少女請求：「請讓我試穿這件斗篷。」就在此時，摩根勒菲也來到現場。亞瑟王大意的將斗篷披在少女身上，豈料斗篷瞬間燃燒，將少女化為灰燼。目睹此景的烏里安斯王怒不可遏，堅信這是亞瑟王的所作所為。而亞瑟王因懷疑烏里安斯王的不忠，最終將烏里安斯王之子伊凡逐出卡美洛。

不過，對此無法保持沉默的，正是伊凡的堂弟高文。對高文而言，放逐堂弟就如同放逐自己。因此，他毅然離開宮庭，踏上旅途。就這樣，伊凡與高文攜手展開了一場冒險。

——伊凡爵士真的存在嗎？——

伊凡爵士的原型據說是一位6世紀末的歷史人物，被認為是烏里安斯王的兒子。從年代來看，他的活動時期比亞瑟王還要更早。

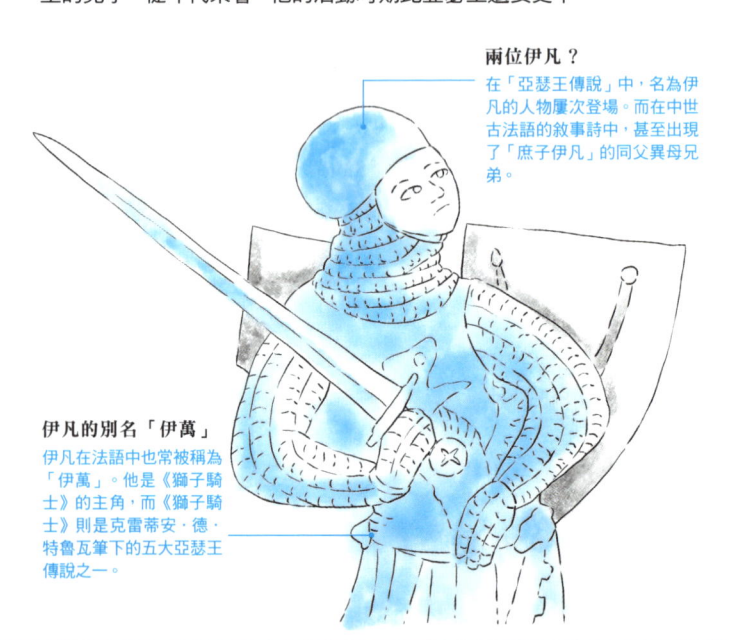

兩位伊凡？
在「亞瑟王傳說」中，名為伊凡的人物屢次登場。而在中世古法語的敘事詩中，甚至出現了「庶子伊凡」的同父異母兄弟。

伊凡的別名「伊萬」
伊凡在法語中也常被稱為「伊萬」。他是《獅子騎士》的主角，而《獅子騎士》則是克雷蒂安·德·特魯瓦筆下的五大亞瑟王傳說之一。

052

以伊凡為主角的故事《獅子騎士》

伊凡爵士的故事中,最著名的便是《獅子騎士》。主角伊凡娶了自己所殺泉水守護者的遺孀羅迪妮絲為妻。然而,新婚不久,高文便邀請伊凡一同踏上冒險。伊凡對妻子承諾:「一年內一定回來。」卻最終忘記了這個約定。羅迪妮絲因悲痛欲絕而與伊凡斷絕關係,使他陷入瘋狂。隨後,伊凡克服困境,重新振作,展開新的冒險。在旅途中,他與獅子相遇,並在羅迪妮絲的侍女露尼特的幫助下,最終與妻子重修舊好。

獲救的獅子
伊凡在冒險途中,拯救了一隻被噴火巨蛇(或稱「龍」)襲擊的獅子。自此,獅子便忠心跟隨伊凡,因此他被稱為「獅子騎士」。

◉ 為冒險增添色彩的魔法道具
在伊凡的故事中,出現了泉水邊緣的「石板」,能召喚守護泉水(巴朗通之泉)的紅毛人艾斯克拉德(Escalados),以及能讓身形隱匿的「隱形指環」。伊凡從圓桌騎士間聽聞了巴朗通之泉的傳說,於是前往該泉。伊凡擊敗了艾斯克拉德,但在追擊逃回城堡的艾斯克拉德時,卻被困住。這時,他獲得了侍女露尼特贈予的「隱形指環」。伊凡借助魔法指環隱藏身形,從而與艾斯克拉德之妻——羅迪妮絲相遇,並墜入愛河。

巴朗通之泉邊緣之石板
在法國布列塔尼的布羅塞利安德(Broceliande)森林深處,有一座由巨大石塊圍繞的巴朗通之泉。據說,當泉水倒在這塊石板上時,便會響起雷鳴,隨之引發暴風雨。而當風暴平息後,泉之守護者艾斯克拉德便會帶著巨大的武器現身,並發起挑戰。

亞瑟王所對抗的巨人

在亞瑟王到來之前,這名巨人已經殺害了15位國王。但是,亞瑟王目睹剛出生的嬰兒們被串在長矛上烤炙的慘狀,內心悲憤不已,毫不猶豫的向巨人發起決鬥。

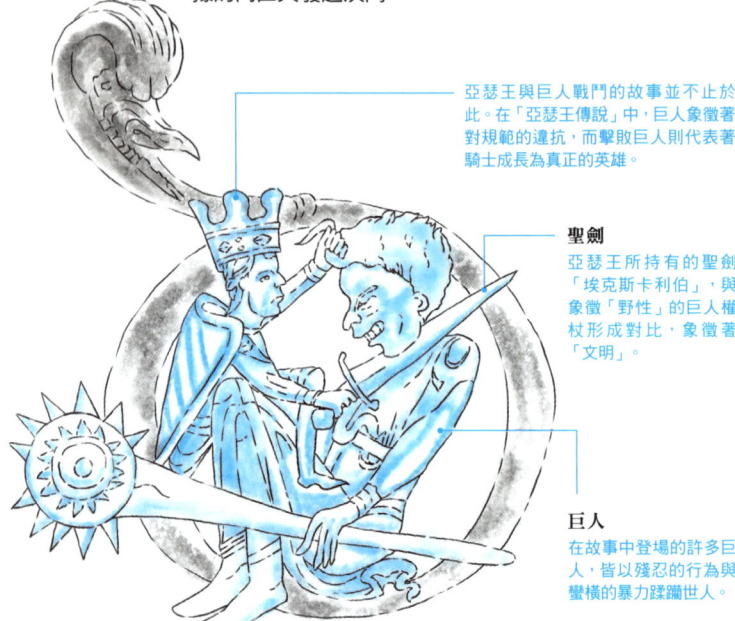

亞瑟王與巨人戰鬥的故事並不止於此。在「亞瑟王傳說」中,巨人象徵著對規範的違抗,而擊敗巨人則代表著騎士成長為真正的英雄。

聖劍
亞瑟王所持有的聖劍「埃克斯卡利伯」,與象徵「野性」的巨人權杖形成對比,象徵著「文明」。

巨人
在故事中登場的許多巨人,皆以殘忍的行為與蠻橫的暴力踐踏世人。

與凱爵士、貝德維爾爵士聯手擊敗聖米歇爾山的巨人

在與羅馬帝國的戰爭前夕,亞瑟王於佛蘭德斯登陸。此時,布列塔尼的附庸國康斯坦丁的民眾趕來求援。據他們所言,巨人襲擊了當地,將領主的子民逐一擄走吞食,甚至將領主的王妃劫走。

得知此事後,亞瑟王僅帶著凱與貝德維爾便前往巨人盤踞的山中,但巨人早已殺害領主之妻,並將其作為殘忍饗宴的一部分。亞瑟王見狀,立刻與巨人交戰,一劍刺裂其腹。凱與貝德維爾則奮勇相助,成功擊退頑抗的巨人,最終平安誅滅此猙獰之惡敵。

此戰之事迅速傳遍國內,人們無不對亞瑟王滿懷感激。為了庇護人民,亞瑟王遂下令於山丘之巔建造聖米迦勒教堂。

054

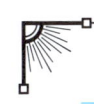

討伐巨人的騎士們

參與討伐巨人的凱與貝德維爾，皆為誓忠於亞瑟王的圓桌騎士，亦是至死追隨國王的忠臣。

亞瑟王

獨臂的騎士貝德維爾
雖為獨臂，卻以武藝高強聞名的騎士。在蒙茅斯的傑佛瑞所著的《不列顛尼亞列王史》（⇒P42）中，他據說是在與羅馬軍的戰役中戰死。另一方面，在馬洛禮的《亞瑟王之死》中，他在與莫德雷德軍的戰鬥中倖存，並肩負將聖劍「埃克斯卡利伯」投入湖中的使命。

聖劍「埃克卡利伯」

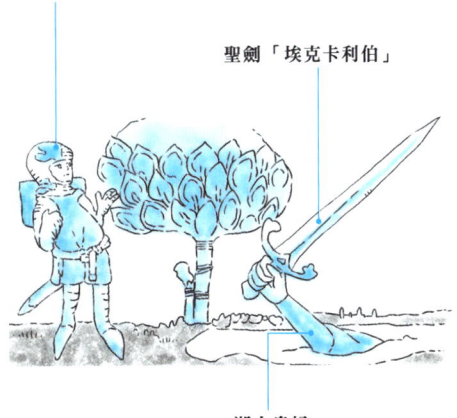

亞瑟王的義兄——凱　　埃克特
凱是亞瑟的養父埃克特的親生兒子，也是亞瑟的義兄。當亞瑟拔出聖劍時，凱起初謊稱是自己所拔，但在得知亞瑟乃天命之子的事實後，便對其宣誓效忠，並成為圓桌騎士的一員。他性格直率，經常用嘲諷的語氣挪揄無名騎士，言詞尖銳，甚至帶有毒舌般的怒氣。在作品《貝勒斯伽斯》中，他則被描寫為背叛亞瑟王的不忠騎士。

湖中貴婦

第二章　以亞瑟王的外甥高文爵士為中心的圓桌騎士團

英國的聖米歇爾山

聖米歇爾山意為「聖米迦勒之山」，是一座位於法國的小島，亦被列為世界遺產，因其聞名於世。亞瑟王與巨人之戰的傳說也流傳於此地。另一方面，在《亞瑟王傳說》的舞台不列顛島上，也有一處名稱與其意義相同的地方，被稱為「聖邁克爾山」。

聖邁克爾山
位於英國康沃爾郡的海岸附近，是一座小島，島上仍保存著建於12世紀的教堂與城堡。在此地，也流傳著「傑克擊退巨人」的傳說，據說曾有一名名為庫莫蘭（Cormoran）的巨人殘害百姓，最終被少年傑克所討伐。順帶一提，在康瓦爾語中，「科」（Cor）意為「巨人」，而「莫蘭」（Moran）則意為「黑莓」。

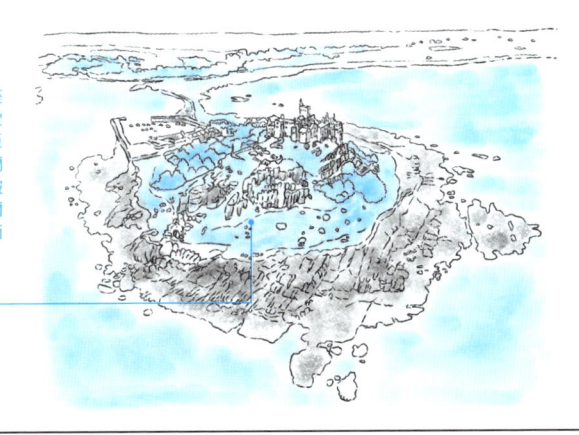

055

博美恩

「博美恩」（Beaumains）一名源自法語，意思是「美麗的手」。從命名的凱（高文的弟弟）的角度來看，這或許帶有些許嘲諷之意，暗指他擁有一雙看似從未握過劍的細嫩雙手。

有「美麗的手」稱號的加雷斯爵士

——高文的幼弟——加雷斯

加雷斯是奧克尼的領主羅特王與王妃摩歌絲之子，在與佩里諾王的戰鬥中敗北。據說他是一位典型的騎士，深受圓桌騎士們的愛戴。

　　加雷斯是奧克尼的領主羅特王最年幼的兒子，高文、阿格拉文及加赫雷斯皆是他的兄長。然而，當他來到宮庭時，他始終不願透露自己的名字。作為加雷斯的兄長，亞瑟王的義兄弟——凱對這個來歷不明的年輕人態度冷淡。不過，當他見到加雷斯白皙俊美的身姿時，便以「美麗的手」為他取名。另一方面，蘭斯洛特從一開始就注意到了加雷斯的才能，欣賞他的劍術，最終任命他為騎士。

　　加雷斯對此心懷感激。當莫德雷德揭發蘭斯洛特與王妃桂薇妮爾的不貞時，加雷斯也堅決為蘭斯洛特辯護。但是，當蘭斯洛特試圖救出王妃時，他誤殺了一名守衛王妃的騎士，卻未察覺那人正是加雷斯。此事激怒了高文，使他對蘭斯洛特恨之入骨，而蘭斯洛特也對此深感懊悔。

056

默默無聞卻身懷絕技的劍士

無名且不起眼的年輕人，實則技藝超群且身世高貴——這樣的故事架構自古以來便廣受東西方喜愛。而加雷斯的故事正是其中的典型例子。

廚房裡的嘲笑
加雷斯剛來到亞瑟王的宮廷時，經常待在廚房裡，因此時常被那裡的僕役們嘲笑。然而，他的真正身分卻是圓桌騎士中備受敬重的成員，更是高文的幼弟。

● **與蘭斯洛特的戰鬥**
加雷斯的劍術確實相當優秀。在正式嶄露頭角前，他曾擊敗過凱，也與蘭斯洛特有過互相較量的戰鬥。此外，他還曾隱藏姓名、改變裝扮參加武藝大會，這一事件也廣為流傳，當時他擊敗了許多騎士。

何謂「美少年無名騎士」故事？

如同加雷斯這樣，無名的美少年嶄露頭角的故事，被稱為「美少年無名騎士」（Fair Unknown）類型。在「亞瑟王傳說」中，除了加雷斯之外，還有其他騎士的事蹟也以同樣的形式被傳頌。

拉・科特・馬爾・塔伊（布魯諾）
「拉・科特・馬爾・塔伊」的意思是「穿著不合身外套的男子」。由於他身上的外套不合身，因此凱曾如此稱呼他。他的本名為布魯諾，是一位能夠擊退獅子的優秀騎士，曾與少女一同踏上冒險，留下相關的傳聞。

盧・貝朗科努（甘戈朗）
「貝朗科努」在法語中意為「無名」（inconnu）的「美男子」（bel）。他自幼不知自己的身世，後來踏上冒險旅程，最後才得知，自己是高文與妖精布蘭舒瑪露（Blanchemal）之子金格蘭（Gingalain）。此外，他的故事中還有一傳說，他親吻了一位被詛咒變為蛇的公主，從而解除了她的詛咒。

蘭馬洛克
蘭馬洛克是亞瑟王深受信任的圓桌騎士，同時也是佩里諾王之子。他曾與高文的母親摩歌絲有過戀情。此外還有一則逸聞記載，蘭馬洛克曾與某位騎士決鬥，以決定亞瑟王妃桂妮薇爾與摩歌絲之中，誰更為美麗。

高文的兄弟們心中
對**蘭馬洛克爵士**的宿怨

高文兄弟的復仇劇

由於與高文兄弟對立，蘭馬洛克被迫離開亞瑟王的宮庭。某日，他參加了一場馬上槍比武大會，接連戰勝高文及多位圓桌騎士。結果在歸途中，他遭到早有預謀的高文兄弟襲擊，最終喪命。

當亞瑟王與奧克尼的羅特王交戰時，站在亞瑟王陣營奮戰的是佩里諾王。佩里諾王討伐了羅特王，立下赫赫戰功。而這位國王的兒子之一便是蘭馬洛克。他英勇非凡，劍術高超，甚至不遜於蘭斯洛特或崔斯坦。然而，他始終未能與羅特王之子們化解恩怨。每當佩里諾王之子與羅特王之子相遇，雙方便會一次次發生激烈衝突。

某日，羅特王之子高文為了替父親報仇，暗殺了佩里諾王。另一方面，蘭馬洛克對高文兄弟的母親摩歌絲一見傾心，並與之陷入戀情。高文的弟弟加赫雷斯目睹了母親的不貞，加上原本父王的積怨，憤而將母親殺害。不過，蘭馬洛克對此事毫不知情，因而未能及時逃離。此事導致雙方家族間的關係日益惡化，最終高文兄弟密謀暗殺蘭馬洛克。

058

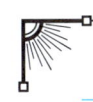

羅特王與佩里諾王遺留下的恩怨

羅特王與佩里諾王這兩大家族的對立，最早可追溯至亞瑟王即位之時。當新王亞瑟登基後，羅特王選擇反抗，而佩里諾王則成為其盟友。

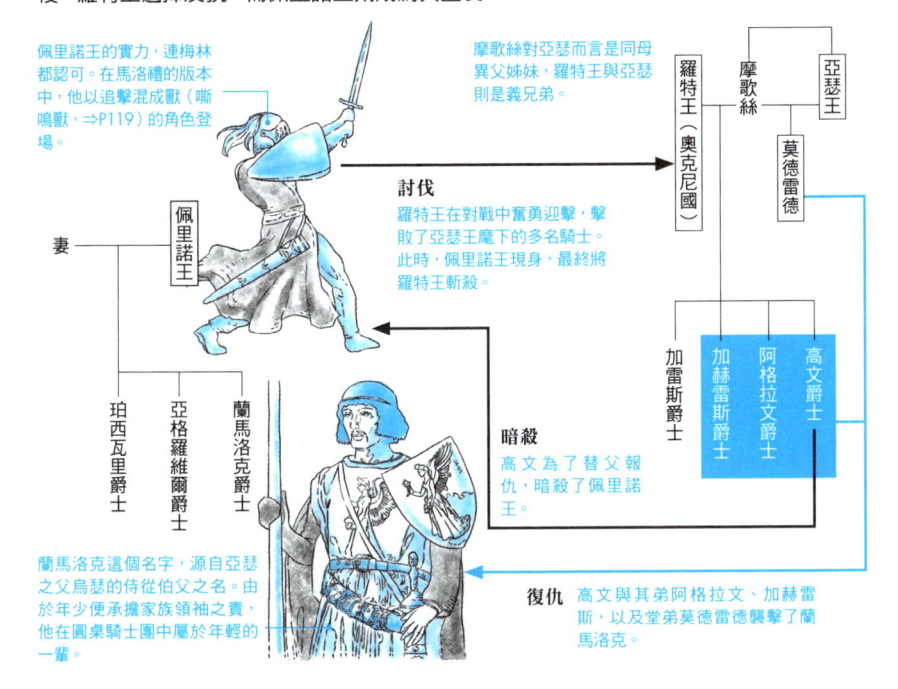

佩里諾王的實力，連梅林都認可。在馬洛禮的版本中，他以追擊混成獸（嚎鳴獸，⇒P119）的角色登場。

摩歌絲對亞瑟而言是同母異父姊妹，羅特王與亞瑟則是義兄弟。

討伐
羅特王在對戰中奮勇迎擊，擊敗了亞瑟王麾下的多名騎士。此時，佩里諾王現身，最終將羅特王斬殺。

暗殺
高文為了替父報仇，暗殺了佩里諾王。

復仇
高文與其弟阿格拉文、加赫雷斯，以及堂弟莫德雷德襲擊了蘭馬洛克。

蘭馬洛克這個名字，源自亞瑟之父烏瑟的侍從伯父之名。由於年少便承擔家族領袖之責，他在圓桌騎士團中屬於年輕的一輩。

家系圖：
- 摩歌絲 — 亞瑟王 → 莫德雷德
- 羅特王（奧克尼國） — 摩歌絲 → 加雷斯爵士、加赫雷斯爵士、阿格拉文爵士、高文爵士
- 佩里諾王 — 妻 → 珀西瓦里爵士、亞格羅維爾爵士、蘭馬洛克爵士

中世紀歐洲的馬上槍比賽

在亞瑟王的傳說中，馬上槍比賽經常舉行。顧名思義，這是一種騎馬持槍較量武勇的比賽。雖然自古以來就有使用長槍進行比試的競技，但馬上槍比賽的興盛則始於騎士文化蓬勃發展的中世紀之後。

板甲（Plate Armor）
以銀板覆蓋身體的中世紀鎧甲。「亞瑟王傳說」的舞台設定於6世紀前後，在當時並未出現這類武具。然而，隨著亞瑟王文學在中世紀廣受歡迎，受到當時流行的騎士文化影響，「亞瑟王傳說」中便多次出現這些與實際時代並不相符的裝備。

長槍（Lance）
長槍是象徵騎士的武器之一。在馬上交錯而過的瞬間，騎士會奮力將長槍向前刺出，以突刺對手的方式作戰。

◆ 了解**高文**的相關資料 ◆

在蘭斯洛特被塑造為焦點角色之前，
高文一直被描寫為一位毫無缺點的騎士。
由於他自「亞瑟王傳說」的早期便已登場，
因此擁有許多帶有強烈神話色彩的獨立逸事。

―― 高尚純潔的高文騎士的冒險故事 ――

✝ 高文爵士與綠騎士
Sir Gawain and the Green Knight

製作年分：約1400年
作者：不明
言語：中古英語
登場人物：高文／綠騎士／亞瑟王／摩根勒菲　等
日譯書籍：《高文爵士和綠騎士》（池上忠弘譯／尊修大學出版局）、《高文爵士與綠騎士》（菊池由美譯／春風社）

解說：本作描繪了高文作為亞瑟王旗下僅次於他的最強騎士形象，並展現他在成為蘭斯洛特的對手之前，仍被視為典範的英姿。故事主角深入探索高文的內心，揭示出即便是完美的騎士，也仍有對生命的執著，以及對主君忠誠與個人存亡之間的掙扎，藉此勾勒出高文極具人性的一面。

故事概要：圓桌騎士們面對綠騎士提出的「斬首遊戲」挑戰。高文作為代表，一劍砍下綠騎士的首級，然而這竟然只是考驗的開始。在歷經各種冒險後，高文終於得知綠騎士的真正身分，也對自身的過錯深感懊悔。

綠騎士
因摩根勒菲的魔法而變成綠色的巨漢。其形象令人聯想到綠巨人或野人，但他身著華貴的斗篷與精緻的裝飾，舉止高雅，整體形象強調著「洗鍊」之感。綠色象徵異界與生命的重生，並與包括凱爾特文化圈在內的歐洲樹木信仰有著密切關聯。

高文
高文是亞瑟王傳承中自古以來便登場的角色。從其傳聞逸事可見，他與愛爾蘭神話中的英雄庫胡林之間具有一定的關聯。

―― 以「醜陋女子」和高文為主軸如童話般的故事 ――
✝ 高文的婚姻
The Marriage of Sir Gawain

製作年分：推測為15世紀，但實際年分不明
作者：不明
語言：中古英語
登場人物：高文／亞瑟王　等
日譯資料：〈聖潔古英語詩抄上〉所收《高文的結婚》（境田進譯／開文社出版）

解說：「主角與醜陋女子接吻或與之結婚」是中世紀文學中流行的主題，本作是一首以此為題材的敘事詩，針對「女性最渴望的是什麼？」這一問題，故事給出的答案是「按照自己的意志行動」，而這也是故事的核心主題。

故事概要：高文為了報答拯救亞瑟王的醜陋女子，答應與她成婚。然而，這名女子因父親強迫婚姻而遭受詛咒，變得醜陋不堪。她能以美貌示人，但僅限於白天或夜晚其中之一。當高文尊重她的選擇，讓她依照自己的意願行動時，她的詛咒便隨之解除，恢復了原本的美麗容貌。

―― 美少年無名騎士高文的故事 ――
✝ 亞瑟王外甥高文的成長記
De Ortu Waluuanii Nepotis Arturi

製作年分：12世紀中期～後半（或13世紀）
作者：不明
語言：中古拉丁語
登場人物：高文／羅特王／亞瑟王　等
日譯資料：《亞瑟王外甥高文的成長記》（瀧谷幸尊譯／論創社）

解說：本作是一部描寫高文誕生、少年時期及早期冒險的敘事作品，記錄了高文自我認同的形成過程，這正是故事的核心主題。透過此作，我們能詳盡了解高文的年少時期，具有重要的資料價值。關於本書的成文時期，主流觀點認為是12世紀中期至後半，但仍存有異說，確切年代尚不明確。

故事概要：亞瑟王的父王烏瑟·潘德拉貢之女與青年羅特王發生關係並懷孕。婚外所生的高文被遺棄，最終由漁夫撫養，成長為「無名的少年」。在15歲時，他來到亞瑟王的宮庭，並獲封為騎士。由於身穿深紅色的外袍，人們稱他為「外袍騎士」。他從佩魯多爾前往聖都比利牛斯，途中擊敗敵軍，並在布列塔尼南部與亞瑟王會合。高文奮勇作戰，斬下敵軍首領的首級，展現出驚人的武勇，最終獲得亞瑟王的認可，被正式承認為國王的外甥，並得知了自己的身世。

◆ 被視為騎士強敵的 巨人 ◆

擁有遠超過人類的巨大身軀，以及足以舉起巨石與山岳的怪力，被稱為「巨人」的存在，常被視為大地之靈的象徵，並可見於世界各地的神話與傳說之中。在許多故事裡，巨人多以敵對角色登場，最終為英雄所擊敗。在「亞瑟王傳說」中，也曾出現聖米歇爾山的巨人，此角色最後被亞瑟王討伐的情節廣為人知。

一般而言，巨人常給人一種殘忍而欠缺思慮的印象。例如，希臘神話中，宙斯的父親克洛諾斯（Kronos）便以吞食自己的子嗣聞名，這類特徵亦可見於日本昔話中經常出現的「食人鬼」。在「亞瑟王傳說」中，對女性施加性暴力的一端對立的存在——騎士應以慈愛與忠誠對待女性，而巨人則象徵著異形之力的濫用者。此外，有時候人們也會將巨人視為古代的建造者。

例如，傳說魔法師梅林在建造巨石陣時，曾從非洲運來巨石的巨人便屬此類。

此外，巨人有時也被視為古代神祇的化身。例如，在北歐神話中，奧丁曾殺死自己的祖先──巨人尤彌爾（Ymir），並以其遺骸創造世界。在記述亞瑟王傳承的《不列顛尼亞列王史》中，也記載了來自特洛伊的布魯圖斯擊敗巨人族，成為不列顛島的首位國王的傳說。若將巨人視為原住民，而征服巨人的行為象徵著舊時代信仰的消亡，那麼這種行動也可被理解為一種宗教儀式，即從古神手中獲取力量的過程。

巨人有時被描繪為隱居於山林或人煙稀少、代表著蠻荒未開化的世界。此外，巨人通常被形容為身形魁梧，披著獸皮，揮舞棍棒戰鬥，這些特徵與文化或文明截然對立，展現出原始的形象。此外，巨人亦與薩滿信仰（Shamanism）及泛靈論（Animism）等古老宗教有所關聯。

在《不列顛尼亞列王史》的中世法語版中，出現在《布魯特物語》手抄本插圖裡的巨人，與亞瑟王對峙。而亞瑟王手中所持之劍，正是聖劍。

第三章

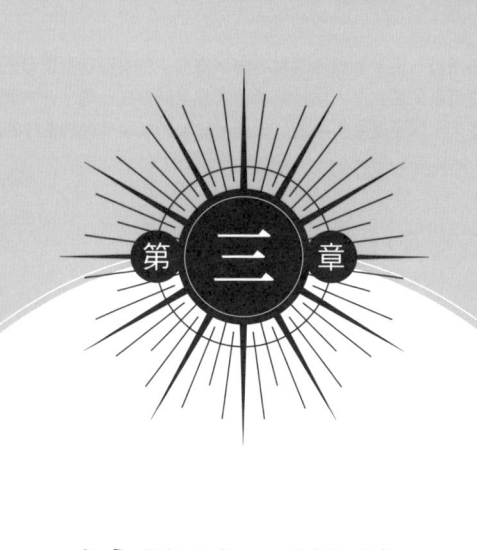

純潔無瑕的騎士加拉哈德爵士與賜予奇蹟的聖杯傳說

第三章的登場人物與故事概要

踏上冒險旅途的蘭斯洛特，因受到魔法矇騙而與佩雷斯王的女兒伊萊恩發生關係，並生下加拉哈德。在某次聖靈降臨祭的儀式上，加拉哈德正式加入圓桌騎士團，此時聖杯突然現身，令在場的騎士們為之驚嘆，但隨後便消失無蹤。因此，騎士們展開了尋找聖杯的旅程。

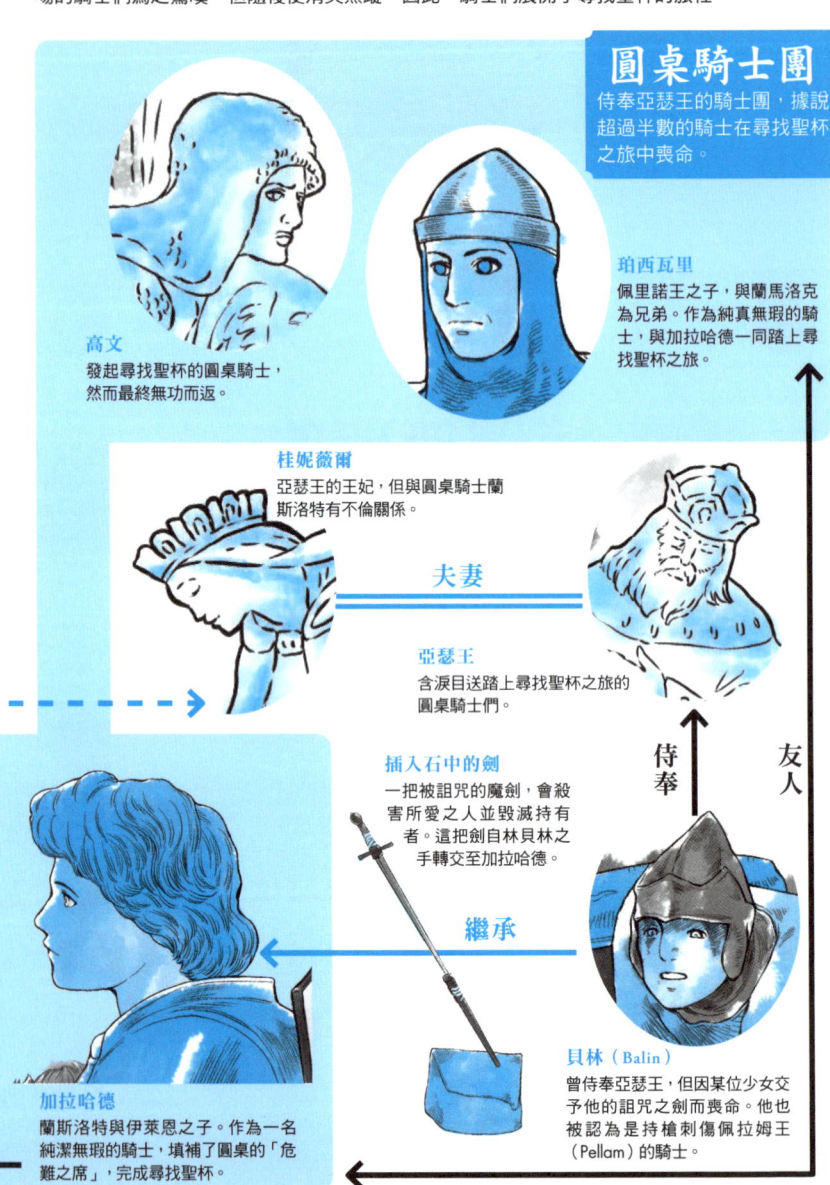

圓桌騎士團
侍奉亞瑟王的騎士團，據說超過半數的騎士在尋找聖杯之旅中喪命。

高文
發起尋找聖杯的圓桌騎士，然而最終無功而返。

珀西瓦里
佩里諾796之子，與蘭馬洛克為兄弟。作為純真無瑕的騎士，與加拉哈德一同踏上尋找聖杯之旅。

桂妮薇爾
亞瑟王的王妃，但與圓桌騎士蘭斯洛特有不倫關係。

夫妻

亞瑟王
含淚目送踏上尋找聖杯之旅的圓桌騎士們。

侍奉　友人

插入石中的劍
一把被詛咒的魔劍，會殺害所愛之人並毀滅持有者。這把劍自林貝林之手轉交至加拉哈德。

繼承

加拉哈德
蘭斯洛特與伊萊恩之子。作為一名純潔無瑕的騎士，填補了圓桌的「危難之席」，完成尋找聖杯。

貝林（Balin）
曾侍奉亞瑟王，但因某位少女交予他的詛咒之劍而喪命。他也被認為是持槍刺傷佩拉姆王（Pellam）的騎士。

064

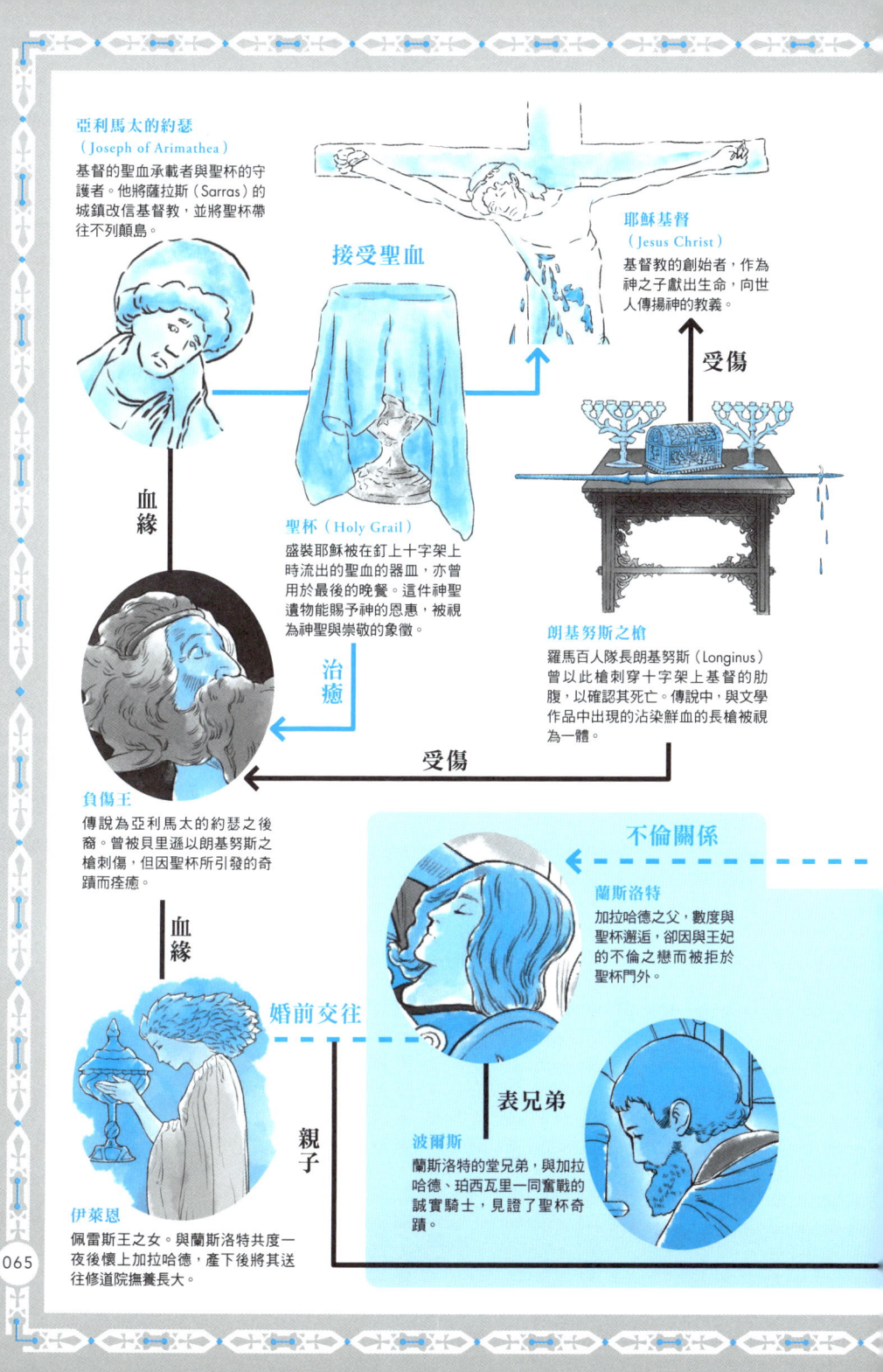

亞利馬太的約瑟
（Joseph of Arimathea）

基督的聖血承載者與聖杯的守護者。他將薩拉斯（Sarras）的城鎮改信基督教，並將聖杯帶往不列顛島。

耶穌基督
（Jesus Christ）

基督教的創始者，作為神之子獻出生命，向世人傳揚神的教義。

接受聖血

受傷

血緣

聖杯（Holy Grail）

盛裝耶穌被在釘上十字架上時流出的聖血的器皿，亦曾用於最後的晚餐。這件神聖遺物能賜予神的恩惠，被視為神聖與崇敬的象徵。

朗基努斯之槍

羅馬百人隊長朗基努斯（Longinus）曾以此槍刺穿十字架上基督的肋腹，以確認其死亡。傳說中，與文學作品中出現的沾染鮮血的長槍被視為一體。

治癒

受傷

負傷王

傳說為亞利馬太的約瑟之後裔。曾被貝里遜以朗基努斯之槍刺傷，但因聖杯所引發的奇蹟而痊癒。

不倫關係

蘭斯洛特

加拉哈德之父，數度與聖杯邂逅，卻因與王妃的不倫之戀而被拒於聖杯門外。

血緣

婚前交往

表兄弟

波爾斯

蘭斯洛特的堂兄弟，與加拉哈德、珀西瓦里一同奮戰的誠實騎士，見證了聖杯奇蹟。

親子

伊萊恩

佩雷斯王之女。與蘭斯洛特共度一夜後懷上加拉哈德，產下後將其送往修道院撫養長大。

065

清廉潔白的加拉哈德

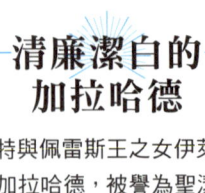

蘭斯洛特與佩雷斯王之女伊萊恩所生的孩子加拉哈德，被譽為聖潔無瑕的騎士，擔綱圓桌騎士追尋聖杯故事的主角。

加拉哈德在聖杯傳說融入「亞瑟王傳說」後登場，相較之下屬於新角色。

作為純粹的基督教騎士，加拉哈德的盾牌為純白之盾，其上繪有鮮紅色的十字。這個十字原本屬於聖杯的守護者——亞利馬太的約瑟之子約瑟斯，他以自身之血繪製而成。

● 蘭斯洛特的私生子
蘭斯洛特被佩雷斯王欺騙，與伊萊恩發生關係，雖然內心充滿不快，卻並未責怪她。當伊萊恩告知蘭斯洛特她懷孕後，他離開了城堡。因此，作為婚外子出生的加拉哈德，被送往修道院撫養長大。

以蘭斯洛特爵士私生子身分誕生的加拉哈德爵士與聖杯傳說

在亞瑟王的傳說中，推動故事發展的魔法道具有兩件——決定王者的聖劍「埃克斯卡利伯」與承載神恩的「聖杯」。聖杯是一件超自然的器物，亞瑟王的圓桌騎士們便是為了追尋它而展開旅程。

最初，聖杯對應的是一般食器中的盤子格拉爾，但逐漸被解釋為包含基督聖血的神聖遺物，並最終與蘭斯洛特的傳說相互交織。

蘭斯洛特受邀前往「聖杯守護者後裔」佩雷斯王的城堡，接受以聖杯進行的款待。然而，他遭到魔法欺騙，誤以為自己與摯愛的桂妮薇爾相會，實則與國王之女伊萊恩共度一夜，犯了大錯——兩人之間誕生的孩子——加拉哈德成長為一位超越父親的偉大騎士，並踏上尋找聖杯的旅程，成為尋找聖杯的主角。

066

與伊萊恩的重逢

蘭斯洛特回到亞瑟王的宮庭後，與他有不倫關係的王后桂妮薇爾嚴厲譴責蘭斯洛特，指責他與伊蕾恩發生關係。迷惘之中，蘭斯洛特離開了宮庭，他在森林中四處奔馳，最終來到了伊萊恩所在的城鎮。

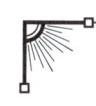

聖杯
據說聖杯能治癒傷口，提供豐盛的饗宴，乃賦予神恩之器。雖然形態不定，但據傳現身時會散發出芬芳香氣，其功效亦各不相同，變化多端。

聖杯的少女伊萊恩
伊萊恩是佩雷斯王之女，加拉哈德之母。她將在森林中度日、受傷的蘭斯洛特帶回城堡，並以聖杯治癒他的傷勢。在《珀西瓦里》（⇒P82）續篇的故事中，她亦被描寫為聖杯的守護者。

卡博尼克城
法語名稱為「Corbonic」城。據說此乃佩雷斯王的居城，能讓人得以親身接觸聖杯所引發的奇蹟。法國北部城鎮科爾貝尼（Corbeny）歷來被視為賦予法國君王治癒之力的聖地，因此也被認為與卡博尼克城有所關係。

狂亂的蘭斯洛特
因王妃的責難而遭驅逐出宮的蘭斯洛特，發狂般的逃離亞瑟王的宮庭。此後，他形單影隻的與路過的騎士、野豬搏鬥，在森林中漂泊度日，最終來到卡博尼克城鎮。在泉水旁沉睡之際，被伊萊恩發現，並再次受邀前往佩雷斯王的城堡。

「亞瑟王傳說」中登場的伊萊恩們

除了佩雷斯王的女兒伊萊恩之外，在「亞瑟王傳說」中還有四位同名的女性。其中，因對蘭斯洛特的單戀而選擇投湖自盡的伊萊恩，出現在詩人丁尼生（Tennyson，⇒P127）的作品中，並經常作為瓦特豪斯（Waterhouse）畫作《夏洛特的少女》（The Lady of Shalott）的題材。此外，湖中貴婦雖然有多種名字，在某些作品中亦被稱為「伊萊恩」。

- **夏洛特的少女**
又稱「阿斯特拉特」（Astolat）的少女。她因愛慕蘭斯洛特，細心照料在比武大會中身受重傷的他。然而，當她得知兩人終究無法結合時，悲痛欲絕，最終殞命。她的遺體被放置於小船之上，順水漂流。

- **蘭斯洛特的母親**
法國貝尼國王的王后。

- **亞瑟王的同母異父姐妹**
摩歌絲的妹妹，摩根勒菲的姊姊，尼德雷斯王的王妃（⇒P31）。

- **佩里諾王的女兒**
蘭馬洛克的同父異母姊妹。曾向父親佩里諾王求助，然而國王未能察覺她是自己的女兒，因此將她置之不理。後來，在她的未婚夫於決鬥中喪命後，她選擇自盡。

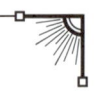

在尋找聖杯任務中擔任重要角色的珀西瓦里爵士與波爾斯爵士

佩雷斯王因憤怒而驅逐蘭斯洛特後，圓桌騎士波爾斯（Bors）來訪。他是蘭斯洛特的表弟，當他見到國王女兒伊萊恩懷中的嬰兒時，從孩子的臉龐辨認出是蘭斯洛特的子嗣。當波爾斯被告知嬰兒是蘭斯洛特的親生子──加拉哈德時，波爾斯感動落淚。隨後，他在城中住宿，並通過聖杯所賦予的試煉。

另一方面，回到亞瑟王的宮廷後，蘭斯洛特因情緒激動而跳窗離開，消失無蹤。由於他與伊萊恩共度一夜之事，遭受有不倫關係的王妃桂妮薇爾嚴厲譴責，他因此逃離。在搜尋過程中，圓桌騎士團隨即展開對蘭斯洛特的搜尋。看似對彼此素性一無所知的二人，卻陷入不斷的死鬥。就在此時，聖杯突然顯現，治癒了二人的傷勢。

純真無瑕的珀西瓦里

珀西瓦里之父是遭到高文兄弟奪去性命的佩里諾王，其兄長為蘭馬洛克。他性格天真爛漫，在圓桌騎士之中尤以純潔聞名。在尋找聖杯的旅程中，他成為了加拉哈德的朋友與夥伴。

根據克雷蒂安·德·特魯瓦的《珀西瓦里》，珀西瓦里為了成為騎士而離開母親，前往亞瑟王的宮廷。不過，因舉止粗魯未能受封為騎士。之後，他獲得一位堅韌騎士的指導，最終擊敗對方並奪得武器與盔甲。身披赤紅盔甲的珀西瓦里，隨即踏上了他的冒險旅程。

● 在森林中成長的幼年時期
年幼的珀西瓦里與母親一同生活在森林裡，他的父親與兩位兄長皆已逝世。在不知騎士為何物的情況下成長的珀西瓦里，某日於森林中偶然遇見數名騎士，為其英姿深感震撼，遂立志成為騎士。儘管母親滿懷悲傷，仍送珀西瓦里踏上旅程。

068

與加拉哈德相遇的波爾斯

波爾斯因與加拉哈德相遇而欣喜，獻上神聖的祝福。就在此時，聖杯忽然現身，預言加拉哈德將成為超越蘭斯洛特的偉大騎士，並最終覓得聖杯。這則預言記載於13世紀前半所成的聖杯故事群中，亦見於《亞瑟王的最初武勳》，據說其乃魔法師梅林所授。

伊萊恩
加拉哈德

法蘭西王國高盧王的王子波爾斯，因其名字與「長槍」有關聯，遂被視為槍術高手。與加拉哈德碰面後，波爾斯歡喜的落淚，當晚則於城內留宿。當天夜裡，他的肩膀被長槍刺傷，翌日仍接受聖杯賦予的試煉，與獅子和騎士戰鬥，卻奇蹟般毫髮無傷的倖存。

珀西瓦里是聖杯故事的原主角？

雖然珀西瓦里如今被視為輔佐加拉哈德的配角，但在「亞瑟王傳說」中，聖杯初次登場時的作品中，他曾是主角。但是，隨著聖杯故事與蘭斯洛特的故事相互融合，主角之位逐漸轉移至加拉哈德。

珀西瓦里的聖杯傳說

將「亞瑟王傳說」與聖杯傳說結合的早期作品《珀西瓦里》中，珀西瓦里受漁夫王邀請，目睹了一只被稱為「格拉爾」的盤子。但是，翌日當他醒來時，整座城堡已空無一人。據說，這是因為珀西瓦里未曾對「格拉爾」提出疑問。後來的傳說版本中，「格拉爾」被視為「聖杯」，而珀西瓦里則成為漁夫王的繼承者。

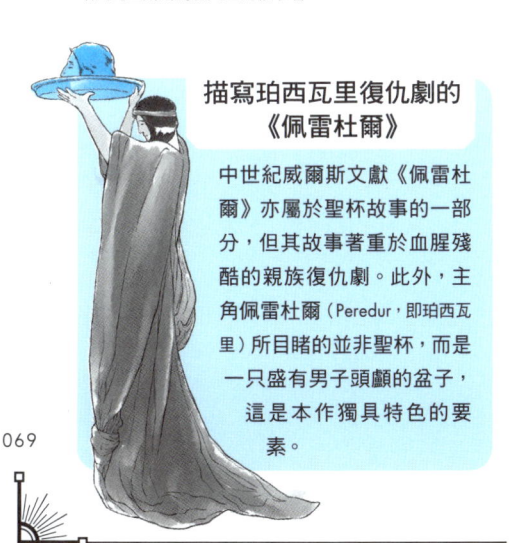

描寫珀西瓦里復仇劇的《佩雷杜爾》

中世紀威爾斯文獻《佩雷杜爾》亦屬於聖杯故事的一部分，但其故事著重於血腥殘酷的親族復仇劇。此外，主角佩雷杜爾（Peredur，即珀西瓦里）所目睹的並非聖杯，而是一只盛有男子頭顱的盆子，這是本作獨具特色的要素。

《帕爾齊法爾》（⇒ P83）

此為以中古高地德語撰寫的聖杯故事早期作品之一。主角珀西瓦里完成尋找聖杯，最終成為新任聖杯王。

被邀請至高文營帳的珀西瓦里。

聖杯的使者康德莉（Kundry）曾對珀西瓦里大加斥責，她向他表達歉意並傳達了聖杯的神諭（中段）。隨後，康德莉前往亞瑟王的母親身邊（下段）。

第三章　純潔無瑕的騎士加拉哈德爵士與賜予奇蹟的聖杯傳說

石中劍順流漂來，加拉哈德爵士坐上「危難之席」

亞瑟王

危難之席
亞瑟王的圓桌為挑選騎士，應當入座的騎士之名會以金色文字浮現。然而，其中必有一席空缺，稱為「危難之席」。相傳這席位上刻有金色文字，內容為：「自耶穌基督被釘上十字架之後450年，此座席將被填補。」

珀西瓦里在搜尋蘭斯洛特與其同父異母弟埃克特的過程中，最終發現了蘭斯洛特。他們一同來到佩雷斯王與其女兒伊萊恩的住處，並說服蘭斯洛特返回亞瑟王身邊。

於是，圓桌的騎士們在宮廷中再度齊聚一堂，並舉行了聖靈降臨祭。而在復活祭（Easter）的50天後所舉行的這場慶典儀式上，發生了一件特別的異象——據傳，以往無法舉行祝聖儀式，這天一塊被劍刺中的石頭竟隨著河流漂來，引起了極大的轟動。

此時，一位身披白衣的老人與一名年輕騎士來到圓桌前。圓桌上唯一空著的座位上浮現出「加拉哈德」的金色文字。傳說若非合適之人落座，便將招致死亡，因此該席位被稱為「危難之席」。年輕騎士懷著敬畏之心坐上這個座位，加拉哈德正式加入圓桌騎士團。

年輕騎士加拉哈德
加拉哈德自幼被寄養於修道院撫養長大。在聖靈降臨祭前一夜，加拉哈德仍身處修道院，當佩雷斯王的使者前來召喚蘭斯洛特時，父子二人得以重逢，並由親生父親授予騎士之位。然而，蘭斯洛特當時並未認出這位年輕騎士正是自己的兒子加拉哈德。

白衣老人
佩雷斯王的使者，被稱為聖杯的守護者，亞利馬太的約瑟（⇒P73）之後裔。

加拉哈德與石中劍

此劍被施加了詛咒，會殺害持劍者所愛之人，並最終導致持有者自身的毀滅。最初，這把劍原本屬於剛登基不久的亞瑟王麾下騎士──貝林。

宴會結束後，亞瑟王帶著加拉哈德前往石中劍之處。加拉哈德輕而易舉的拔出了這把無人能取出的劍，並將其收入劍鞘中。

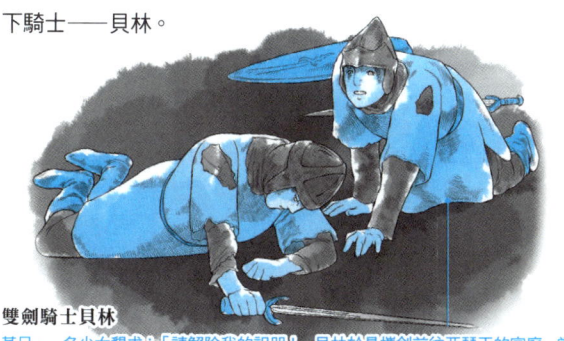

加拉哈德

雙劍騎士貝林
某日，一名少女懇求：「請解除我的詛咒！」貝林於是攜劍前往亞瑟王的宮庭。當貝林實現少女的願望後，他奪取了少女的劍，並離開宮庭。後來他與素未謀面的親弟相逢，卻在誤會之下展開戰鬥，最終彼此刺殺，雙雙喪命。由於他持有少女之劍與自身之劍，手執雙刃，因此被稱為「雙劍騎士」。此外，傳說中，他還曾以朗基努斯之槍斬殺佩拉姆王。

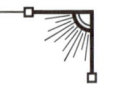

突然出現又隨即消失的聖杯，引發騎士們立誓展開尋找**聖杯之旅**

當加拉哈德獲得石中劍後，圓桌騎士們全員參與了一場馬上槍比賽。加拉哈德即便未持盾牌，仍展現出驚人的戰技，擊敗了除蘭斯洛特與珀西瓦里之外的所有騎士。

比賽結束後舉行的晚宴上，發生了不可思議的奇蹟。當騎士們圍坐圓桌時，大殿內響起雷鳴，隨即一道光束灑落，一只被白色絲綢包覆的聖杯出現，伴隨著醉人的芳香瀰漫四周。此時，眾人心中浮現自己最渴望的美饌佳釀，轉眼間，桌上的餐盤已被珍饈美酒填滿，令所有人沉醉其中。不過，當騎士們沉浸在這場奇蹟時，聖杯卻悄然消失不見。

高文率先起身，宣告自己將尋找聖杯，其他騎士亦紛紛響應。翌日，尋找聖杯之旅正式展開。

——前往尋找聖杯的騎士們與亞瑟王——

對圓桌騎士們而言，尋找聖杯是一項比死亡更為崇高的榮耀。與勇敢整裝待發的騎士們形成對比的是，亞瑟王因與騎士們的離別而悲傷不已，流下了淚水。

在尋找聖杯之旅中，不論任何理由都不得攜帶婦人同行，並且必須洗清自身的罪孽與污穢。這兩項規定是不可違背的。

為離別感傷的亞瑟王
亞瑟王對於眾多騎士將在尋找聖杯中犧牲一事深感遺憾。

桂妮薇爾

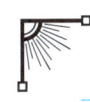

聖杯的真實面貌是？

對應於聖杯的法語「San Greal」中，「San」（saint）意為「聖」，而「Greal」（Graal，格拉爾）則指盛放食物的「寬口深盤」。在克雷蒂安・德・特魯瓦的《珀西瓦里》中，「格拉爾」內所盛裝的是基督教儀式中使用的聖餅（hostie）。但是，後來「格拉爾」被解釋為耶穌基督在最後的晚餐中使用的器皿，並且是承裝被釘上十字架的基督聖血的聖遺物，最終成為聖杯。由於關於聖杯形態的詳細文獻記載極為有限，因此它被描繪成各種不同的形象。

寬口深盤聖杯
在克雷蒂安・德・特魯瓦的《珀西瓦里》中，於漁夫王的城堡中出現的「格拉爾」是一個寬口的深盤，本來並非與基督教有關的聖器，而是一件餐具。

儀式中使用的裝飾性聖杯或盃
自羅伯特・德・布倫的《聖杯起源傳說》（⇒P83）以後，聖杯被解釋為承裝基督聖血的神聖器皿，因此「格拉爾」從盛裝食物的大盤子開始演變成能夠承裝液體的容器，並發展出用於儀式的華麗裝飾聖器的描寫。

上面蓋著布？
在馬洛禮的《亞瑟王之死》中，經常可見「聖杯被白色或紅色的絹布覆蓋著」的描寫。

想像中的魔法道具
聖杯所蘊含的超自然特質經常被強調，例如天使的羽翼裝飾，甚至能夠自行發光的器皿等，被視魔法道具的象徵，在插畫與繪畫作品中屢見不鮮。

基督教化的「亞瑟王傳說」

最初的亞瑟王傳說源自凱爾特系不列顛人的古代信仰。然而，隨著基督教勢力在歐洲日益增強，亞瑟王傳說開始與政治結合並加以詮釋，出現了許多宗教色彩濃厚的作品。其中，尋找聖杯的情節便是最具代表性的例子——聖杯被賦予承載基督聖血的神聖意義，並伴隨著聖杯守護者「亞利馬太的約瑟」後裔的登場。故事主角加拉哈德被描繪成純潔無瑕，與基督形象相符的救世主（Messiah）。此外，整體故事的發展也展現出明顯的基督教教義色彩，這正是亞瑟王傳說的一大特色。

耶穌基督

聖母瑪利亞

使徒約翰

亞利馬太的約瑟
用最後的晚餐所使用的聖盃，承接從十字架上流下的基督聖血。

因情慾之罪受審的蘭斯洛特

蘭斯洛特無法得見聖杯的身影,是因為他與王妃桂妮薇爾的不倫之戀。為此深感懊悔的蘭斯洛特,向隱士懺悔自己的罪行,並發誓絕不再犯。然而,當他從尋找聖杯歸來後,仍舊與王妃重燃舊情。

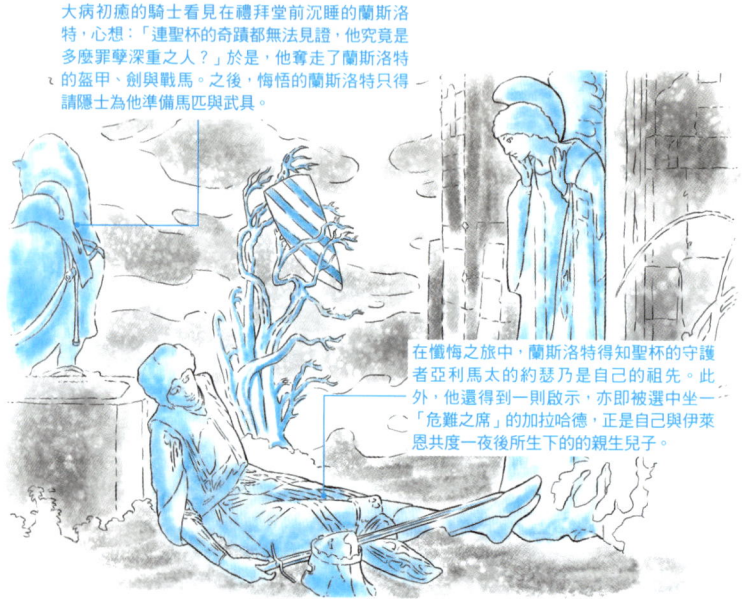

大病初癒的騎士看見在禮拜堂前沉睡的蘭斯洛特,心想:「連聖杯的奇蹟都無法見證,他究竟是多麼罪孽深重之人?」於是,他奪走了蘭斯洛特的盔甲、劍與戰馬。之後,悔悟的蘭斯洛特只得請隱士為他準備馬匹與武具。

在懺悔之旅中,蘭斯洛特得知聖杯的守護者亞利馬太的約瑟乃是自己的祖先。此外,他還得到一則啟示,亦即被選中坐一「危難之席」的加拉哈德,正是自己與伊萊恩共度一夜後所生下的親生兒子。

蘭斯洛特爵士與高文爵士皆未能成功覓得聖杯

踏上尋找聖杯之旅的圓桌騎士們,各自邁步前行。偶然發現了一座古老的禮拜堂,蘭斯洛特望向裝飾華麗絹布的祭壇,以及祭壇上銀製的精美燭台。燭台上的光芒閃耀奪目,入口卻難以尋覓,蘭斯洛特決定在禮拜堂附近歇息。此時,他隱約聽見一名因聖杯奇蹟而痊癒的騎士的聲音。但是,處於半夢半醒之間的蘭斯洛特,即便聖杯近在眼前,卻無法起身。最終,當他睜開雙眼時,發現自己的馬與武具已被康復的騎士奪走。

另一方面,高文在隱士的庵中接受贖罪勸誡後,日復一日的度過了平靜無事的時光。此後,他來到一座禮拜堂,並在那裡做了一個奇異的夢。據說,這個夢暗示高文出於驕傲而無法獲得聖杯。後來,他領悟到自己的尋找聖杯毫無意義,於是踏上歸返宮庭的旅程。

074

基督教中的七大原罪

在聖杯傳說中，圓桌騎士透過尋找聖杯的歷程，展現出作為虔誠基督徒應有的行為準則。其中，高文被描繪為罪惡深重的騎士代表。故事中出現了七位象徵邪惡的騎士，高文將他們悉數斬殺。然而，主角加拉哈德擊敗這些騎士時，並未奪取他們的性命。這七名邪惡的騎士代表基督教教義中七大原罪的隱喻，故事透過兩位角色的對比，展現了他們面對罪惡的態度，以及對殺戮的愚行。

- 傲慢之罪
- 嫉妒之罪
- 色慾之罪
- 怠惰之罪
- 貪婪之罪
- 憤怒之罪
- 暴食之罪

背負傲慢之罪的高文

高文在尋找聖杯的各種場面中，因過去傲慢的行為而受到懲罰，但他最終無法親身見證聖杯的奇蹟。

埃克特
蘭斯洛特的同父異母弟弟。與高文一同展開尋找聖杯，不過，他的旅程並未遭遇任何冒險奇蹟，最終便無功而返。

高文在禮拜堂所見的景象，是一群傲慢的黑牛與三頭白牛的夢境。他們前往草地尋找飼料，其中兩頭白牛沒有返回，導致因糧草不足而引發了鬥爭。這群牛象徵著圓桌騎士，而三頭白牛則代表加拉哈德、珀西瓦里與波爾斯。

神出鬼沒的聖杯

從不知從何處現身，隨心所的賜予神之恩惠的聖杯。在馬洛禮的《亞瑟王之死》中，聖杯在各種場景中顯現在圓桌騎士們的面前。

《亞瑟王之死》登場卷・章	遭遇騎士	出現地點	情境	恩惠或效果	關連頁面
11卷・2章	蘭斯洛特	卡博尼克城	口銜金色香爐的鴿子從城堡的窗戶飛來，空氣中彌漫著芬芳之氣，一位手持金色皿的少女現身。	被賜予各種食物與飲料。	⇒P66〜67
11卷・4章	波爾斯	卡博尼克城	一隻白鴿口銜金色香爐飛來，一名少女捧著聖杯走出。	各種食物與飲料陳列於席間，並降下關於加拉哈德的預言。	⇒P68〜69
11卷・5〜6章	波爾斯	卡博尼克城的臥床	潔白無瑕的鴿子口銜金色香爐飛來，暴風雨隨之止息，空氣中彌漫著香氣。四名手持蠟燭的孩子與一位手持香爐與長槍的老人現身。	在鴿子到來之前，波爾斯遭受弓箭襲擊，並與獅子交戰。	⇒P68〜69
11卷・14章	珀西瓦里 埃克特	某處的森林	身著白衣的少女雙手高舉盛有耶穌基督聖血的聖杯，散發出甘美馥郁的芳香，緩步走近。	珀西瓦里與埃克特決鬥中所受的傷勢被完全治癒。	⇒P68〜69
12卷・4章	蘭斯洛特	卡博尼克城的塔中	安放在塔內的聖杯，被某物所覆蓋。	蘭斯洛特的傷痛與瘋狂得到了治癒。	⇒P67
13卷・7章	圓桌騎士全員	亞瑟王的宮座大廳	聖杯被白色絲綢覆蓋，無法看見它的形體，也看不見手持聖杯之人。隨後，聖杯從大廳消失。	香氣四溢，騎士們享受著美酒與豐盛佳餚。	⇒P72〜73
13卷・18章	蘭斯洛特	古老的禮拜堂	在十字架前，銀製臺座上出現了六支蠟燭與聖杯，但蠟燭的光輝與聖杯一同消失了。	身患疾病的騎士親近聖杯，輕吻杯緣病痛便痊癒了。	⇒P74
17卷・15〜16章	蘭斯洛特	卡博尼克城的聖杯房間	在光芒四溢的房間裡，銀製臺座上放置著聖杯，被紅色絲綢覆蓋。周圍站立著許多天使、一名司祭，以及三名男子。	蘭斯洛特接近聖杯時，一股夾雜著火焰的氣息將他包圍，使他陷入長達24天如死了的沉睡。	⇒P80
17卷・20章	加拉哈德 珀西瓦里 波爾斯	卡博尼克城的大廳	天使降臨，將蠟燭擺放在銀製臺座上，並在覆蓋絲綢的聖杯上豎立長槍，接著開始彌撒。	聖杯中出現耶穌，負傷王因此奇蹟般的站立起來。	⇒P78〜79
17卷・21章	加拉哈德 珀西瓦里 波爾斯	海邊停泊船內的臥室	與在負傷王的城堡中所見的相同，聖杯安放於臥室中央的銀製臺座上，被純白絲綢覆蓋。	三人被指引前往撒拉斯，並在當地治癒了一位老人的腿疾。	⇒P80
17卷・22章	加拉哈德	薩拉斯之町	亞利馬太的約瑟之子約瑟夫在天使的環繞下顯現，完成彌撒後，將聖杯交給加拉哈德。	加拉哈德的靈魂與聖杯一同升天。	⇒P80〜81

※參考《亞瑟王的故事Ⅲ》（井村君江譯／筑摩書房）

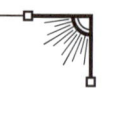

珀西瓦里爵士與波爾斯爵士在最後關頭擺脫惡魔的誘惑

萊奧內爾
波爾斯的兄長。他死後的軀體亦是噩夢的幻影,但最終兄弟倆還是重逢了。但是,萊奧內爾無法原諒拋棄自己的波爾斯,對他揮劍相向。就在此時,如火焰般的赤紅雲朵燃燒著二人交錯的盾牌,最後默然無語的分道揚鑣。

波爾斯
與兄長分離的波爾斯,在沉睡時獲得了天啟,於是遵循指引,朝著海的方向前進,最終與珀西瓦里再度重逢。

面臨痛苦抉擇的波爾斯

幫助婦人後返回的波爾斯,發現了萊奧內爾的遺體。葬禮結束後,協助喪禮的司祭向他介紹了一位美女。不過,當波爾斯為了斬斷誘惑而在胸前劃下十字時,隨著響亮的尖叫聲迴盪,一切都消失了,這一切僅僅是惡魔所展現的幻象。

就在蘭斯洛特發現古老的禮拜堂前不久,與他分開的珀西瓦里遇見了一位女隱士,她說最終能夠完成尋找聖杯的,正是珀西瓦里、波爾斯及加拉哈德。與婦人分離後,珀西瓦里被大批騎士包圍,就在此時,加拉哈德如疾風般現身,救出珀西瓦里,並迅速離去。珀西瓦里緊追著加拉哈德,途中屢次遭遇引發幻覺的惡魔誘惑。即便如此,他仍設法克服,繼續踏上冒險之旅。

與此同時,波爾斯遇見了一名騎著驢子的隱士,並從他那裡得到指示——在見到聖杯之前,只能食用麵包與清水。波爾斯遵循這項誡命,一邊策馬前行。就在此時——他遇見自己的兄長萊奧內爾,此時的萊奧內爾正被鞭笞折磨。波爾斯正要前去救援時,卻又看見一名婦人遭受襲擊。面對兩難抉擇,他一邊為兄長的安危祈禱,一邊選擇前往拯救那名婦人。

076

珀西瓦里所受的惡魔試煉

珀西瓦里被大批騎士包圍，失去坐騎，陷入險境，所幸加拉哈德及時相助。當加拉哈德離去後，珀西瓦里欲追隨其後，一名婦人借給他一匹黑色駿馬。然而這名婦人其實是惡魔的化身，馬匹疾馳，將珀西瓦里帶往激流洶湧的河川。珀西瓦里劃下十字，擺脫險境後，在被海洋環繞的山上與「龍」（或大蛇）交鋒，並救下一頭獅子。此時，他再次遇見了化為女性形態的惡魔。

獅子
在中世紀，獅子象徵著王權，而在此處則被解釋為基督的化身。

龍（大蛇）
在這場尋找聖杯的旅途中，惡魔化身為龍，而珀西瓦里則象徵基督教的教義戰勝了異教信仰。

乘著黑船靠近的女子，向珀西瓦里談起她途中與加拉哈德相遇的事，並設下盛宴款待她。珀西瓦里飲下烈葡萄酒後神志不清，向女子傾訴愛意，並在她的誘惑下走向床榻，幾乎沉淪。就在此時，他的眼中映入紅色的劍柄與十字架，使他瞬間清醒。珀西瓦里當即高呼基督之名，驅逐了偽裝成女子的惡魔。

珀西瓦里的兒子——羅恩格林

有一種說法認為珀西瓦里育有妻兒，在德語作品《帕爾齊法爾》中，主角帕爾齊法爾（即珀西瓦里）在出發前往尋找聖杯之前已經結婚。之後，他完成尋找聖杯，成為新的聖杯王，並與妻子及兒子團聚。他的長子便是羅恩格林。羅恩格林乘著白鳥牽引的小船來到世間，並與一名公主結婚，條件是對方不得詢問他的身世。但公主未能遵守約定，於是羅恩格林再度乘著白鳥牽引的船，返回聖杯城堡。這位被稱為「白鳥騎士」的羅恩格林，其故事後來成為華格納（Wagner）歌劇的題材，被改編為《羅恩格林》（Lohengrin），並廣為流傳。

白鳥的傳說
白鳥因其週期性的出現與消失的「候鳥」特性，常被視為與異界相關。《珀西瓦里》的作者將早已成形的「乘坐白鳥牽引之船的異界騎士」傳說，融入了聖杯故事之中。

第三章　純潔無瑕的騎士加拉哈德爵士與賜予奇蹟的聖杯傳說

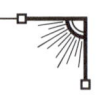

加拉哈德爵士、珀西瓦里爵士與波爾斯爵士見證 聖杯治癒負傷王

當加拉哈德踏上修道院時，一名身披白鎧的騎士將一面繪有紅色十字的盾牌託付給他。隨後，加拉哈德在一座古老的禮拜堂內聆聽了神諭：「掃除少女之城的邪惡。」他便啟程，解放這座城堡，使其擺脫七名邪惡騎士的掌控。

之後，為了幫助珀西瓦里，加拉哈德在不知不覺間擊敗了高文，並被一名婦人帶往海邊。抵達後，他們發現了一艘船，船上有珀西瓦里與波爾斯。三人與珀西瓦里的姊姊一起駕船前行，並轉乘上「只有無罪之人方能登上」的所羅門之船，最終抵達蘇格蘭。

隨後，加拉哈德一行人來到他的祖父佩雷斯王所在的卡博尼克城，並在此見證聖杯的奇蹟。城中的負傷王（Fisher King）從加拉哈德手中獲得長槍的鮮血，塗抹後藉此恢復了健康。

─驅逐邪惡、拯救弱者，加拉哈德的冒險─

加拉哈德的尋找聖杯之旅如同耶穌基督一般，矯正邪惡，拯救他所遇見之人。他不僅解放了一座被七名邪惡騎士占據的少女之城，甚至還有一則關於他驅逐墓地中棲息的惡魔的傳說。

亞利馬太的約瑟之盾
傳說中，世上只有最優秀的騎士才能擁有，否則將會招致災厄。相傳，這面盾牌由亞利馬太約瑟所製作，當時他成功讓薩拉斯城的國王皈依基督教。因此，這面盾註定將交予加拉哈德之手。

奪取少女之城的七名邪惡騎士在與加拉哈德交戰後敗北，卻在逃亡途中遭到高文討伐。據隱士向加拉哈德所述，這七名騎士正象徵著「七大原罪」。

078

前往卡博尼克城的航程

所羅門之船上滿載著無數珍寶，加拉哈德等人在船內發現了一把寶劍，並攜劍航行至蘇格蘭，一路與當地騎士戰鬥，奮勇前行。然而，在某座城堡內，一名貴婦身患重病，必須以處女之血作為藥引來治癒她。最終，珀西瓦里的姊姊毅然奉獻自己的鮮血，直至生命耗盡，殞命於此。

珀西瓦里的姊姊
作為獻身的處女，她將寶劍交予加拉哈德，因失血過多而去世。她的遺體被放入小舟，順著水流漂至薩拉斯之城，並在當地盛大安葬於靈廟。此情節也被記載於中古法語版本的《尋找聖杯》中（⇒P83）。

船內的寶劍
這柄寶劍被存放在以蛇皮製成的鞘中，並記載了嚴格的規範——唯有最優秀的騎士才能持有，僅能由守護純潔的處女親手解下，而對寶劍懷有強烈貪念之人無法駕馭它。三名騎士中，唯有加拉哈德成功從劍鞘中拔出此劍。而佩雷斯王曾嘗試拔出這柄劍，卻因此受到詛咒，導致雙足受傷。

所羅門之船
這艘船記載於《舊約聖經》，據說是以色列王所羅門的船。相傳所羅門精通各類藥草的功效，亦熟知天體運行之理。

因聖杯之力恢復健康的負傷王

當加拉哈德等人來到佩雷斯王的城堡，彌撒開始之際，持有聖杯與染血之槍的天使，以及耶穌基督顯現。加拉哈德遵循基督的指示，將槍上的鮮血塗抹於佩雷斯王的身上，奇蹟隨即發生——長年不良於行的負傷王竟能站起身來。

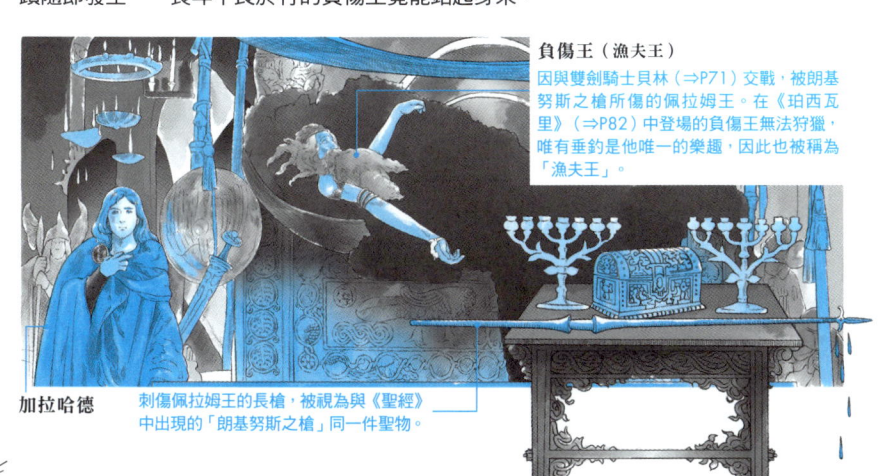

負傷王（漁夫王）
因與雙劍騎士貝林（⇒P71）交戰，被朗基努斯之槍所傷的佩拉姆王。在《珀西瓦里》（⇒P82）中登場的負傷王無法狩獵，唯有垂釣是他唯一的樂趣，因此也被稱為「漁夫王」。

加拉哈德　刺傷佩拉姆王的長槍，被視為與《聖經》中出現的「朗基努斯之槍」同一件聖物。

第三章　純潔無瑕的騎士加拉哈德爵士與賜予奇蹟的聖杯傳說

079

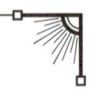

目睹聖杯神祕力量的加拉哈德爵士升天

加拉哈德、珀西瓦里、波爾斯三人為了追隨聖杯，離開佩雷斯王的城堡，沿海航行。

最終，發現了一艘載有聖杯的白色聖船，於是乘船展開漫長的旅程，最後抵達與亞利馬太的約瑟有極深淵源的薩拉斯之城。

加拉哈德親手捧起聖杯，感受到超凡的光輝照耀全身，他不想留在俗世，期盼於此昇華。在聖杯前，他虔誠的舉起雙臂，天使隨即現身，帶走了加拉哈德的靈魂，並將他引入天界。望著聖杯帶走友人的景象，珀西瓦里最終在隱修生活的終點迎來自己的死亡，離開了人世。

此時，亞瑟王的宮庭內，蘭斯洛特已匆匆返回。他曾抵達佩雷斯王的城堡，卻在聖杯近在眼前之際，遭到神的拒絕而放棄尋找聖杯。此時，波爾斯歸來，向眾人講述這段冒險的經歷。

尋找聖杯的達成

加拉哈德與珀西瓦里、波爾斯一早前往晨禮，在禮拜堂中，亞利馬太的約瑟之子約瑟夫在天使的簇擁下顯現。當聖杯前的彌撒結束後，約瑟夫將聖杯交給加拉哈德。

080

神祕之城薩拉斯

薩拉斯之城據說位於中東，於中世紀時，居住著被稱為「薩拉森人」的異教徒。相傳，亞利馬太的約瑟曾經途經此地，並成功勸導國王改信基督教，使之成為聖地。

黎巴嫩南部有一座別名為「薩拉斯」（Sarras）的城鎮「提爾斯」（Tyrus），因此有人認為兩者或許有所關聯，但尚無確切證據證明。

波爾斯的歸返

在亞瑟王的宮廷裡，許多圓桌騎士因放棄尋找聖杯而陸續歸來，一時間宮廷內充滿了騎士們的身影。亞瑟王對波爾斯的歸來感到欣喜，並將他與蘭斯洛特所講述的冒險經歷整理成厚重的一冊書籍，收藏於圖書館之中。

波爾斯

亞瑟王

當三人抵達薩拉斯之城時，當地的異教徒統治者將他們囚禁。不過，隨著國王病故，眾人擁戴加拉哈德為王，使他即位。此後，亞利馬太的約瑟之子約瑟夫顯現，將聖杯交給加拉哈德。

第三章 純潔無瑕的騎士加拉哈德爵士與賜予奇蹟的聖杯傳說

目睹加拉哈德升天的珀西瓦里，在悲痛與對命運的感慨中，選擇斷絕世俗的牽絆，隱居於廟宇，過著虔敬的生活。一年兩個月後，他離開了人世。

波爾斯安葬了珀西瓦里，將長眠於墓室中的珀西瓦里的姊姊與加拉哈德合葬。隨後，他乘船返回亞瑟王的宮庭。由於加拉哈德與珀西瓦里皆已辭世，僅剩波爾斯一人回到了亞瑟王的身邊。

081

◆ 了解**聖杯傳說**的相關資料 ◆

騎士們窮盡一生追尋的傳說聖杯，成為探索的終極目標。
本篇將介紹這個神秘的聖物如何被納入「亞瑟王傳說」的發展脈絡，
並附上相關資料加以解析。

── 最早將《亞瑟王傳說》與後來的「聖杯」概念聯繫起來的作品 ──

✝ 珀西瓦里或聖杯傳說
Perceval. ou le Conte du graal

製作年分：約1181年
作者：克雷蒂安・德・特魯瓦（約1135～85年）
語言：古法語
登場人物：珀西瓦里／亞瑟王／漁夫王　等
日譯書籍：《法語中世紀文學選 2》所收錄《珀西瓦里或聖杯傳說》（天澤退二郎譯／白水社）

解說：本作中出現了名為「格拉爾」的器皿，被視為貴族宴席上使用的「盤子」。由於本作未完結，因此「格拉爾」的詳細內容仍不明確。然而，隨著時代演進，「格拉爾」逐漸被解釋為承載基督聖血的器物，即「聖杯」，並開始與「亞瑟王傳說」產生關聯。

故事概要：少年珀西瓦里受漁夫王的邀請款待，在宴席上目睹了一場神秘儀式。他親眼見證「滴血之槍」與發出光輝的「格拉爾」。不過，由於珀西瓦里未能及時發問，最終錯失了治癒漁夫王的機會。

珀西瓦里　命運之劍　　漁夫王　滴血之槍　　　　格拉爾
由於後世手抄本的插圖影響，格拉爾往往被描繪為鑲嵌華麗裝飾的祭典用鍍金酒杯（聖杯）。

左側描繪了珀西瓦里從漁夫王手中獲得「命運之劍」的場景。右側則是漁夫王城堡的宴會廳內，珀西瓦里在宴席間目睹「滴血之槍」與「格拉爾」的場景，後來「滴血之槍」被解釋為「朗基努斯之槍」。

082

── 探究聖杯本質的聖杯傳說序章 ──
✝ 聖杯起源傳說
Le Roman de l'Estoire dou Graal

製作年分：約1200年
作者：羅伯特・德・布倫（12世紀後半～13世紀前半）
語言：古法語
登場人物：亞利馬太的約瑟／耶穌基督　等
日譯書籍：《法語中世紀文學作選》所收錄《聖杯起源傳說》（山安由美譯／白水社）

解說：這部作品賦予聖杯基督教起源的意義，將其設定為「接納十字架上流淌的基督聖血之杯」，亦即「耶穌最後晚餐所使用的杯子」。關於聖杯的故事架構，後來被納入各類中世紀文學作品之中，逐漸發展並成為主流。但是，本作並未涉及亞瑟王及其相關人物，而是作為圓桌騎士尋找聖杯的前傳被保存下來。

故事概要：主角亞利馬太的約瑟為了埋葬被釘在十字架上的耶穌基督，在其腹部流出的聖血順勢滴落之際，他以手中的杯子接住這些血。相傳，這正是基督最後晚餐時所使用之杯子。其後，約瑟因而遭受迫害，卻在復活的耶穌顯現後獲得救贖，並被託付守護此聖杯的使命。至此，約瑟成為了聖杯的首位守護者。

── 華格納歌劇的典故 ──
✝ 帕爾齊法爾
Parzival

製作年分：約1210年
作者：沃爾夫拉姆・馮・埃申巴赫（Wolfram von Eschenbach，約1170～1220年）
語言：中古高地德語
登場人物：珀西瓦里／亞瑟王　等
日譯書籍：《珀西瓦里》（加倉井肅久、伊東泰治、馬場勝彌、小栗友一譯／郁文堂）

解說：這是以德語書寫的珀西瓦里故事，前半部分內容與克雷蒂安的《珀西瓦里》相似。不過，本作的一大特點是將聖杯描繪為一顆石頭，而非傳統意義上的杯具。到了19世紀，華格納以此作品為靈感，創作了音樂劇《珀西瓦里》。

── 聖杯首次登場的作品 ──
✝ 聖杯的探索
La Queste del Saint Graal

製作年分：約1225年
作者：不明
語言：古法語
登場人物：加拉哈德／亞瑟王　等
日譯書籍：《聖杯的探索》（天澤退二郎譯／人文書院）

解說：本作屬於被稱為「蘭斯洛＝聖杯輪迴」的散文故事群。故事中強烈展現基督教色彩，並特別強調禁欲與純潔的重要性。本作引入了一位取代珀西瓦里的角色──純潔無瑕的騎士加拉哈德，他是蘭斯洛特之子，並在此作中首次登場，踏上尋找聖杯之旅。

引誘人類墮落的惡魔

當人們談論惡魔時，往往會聯想到擁有黑色雙翼與角、對立、貶低人類的存在。許多人也會將其形象化為墮落的天使，如路西法或墮入深淵的聖職者。此外，惡魔還經常被描繪為「墮落的創造主」，或是掌控邪惡的撒旦，作為邪惡概念的具現化存在而廣為人知。在這類描述中，惡與善常以二元對立的方式被討論。

然而，在古代信仰與神話中，常見一柱神祇同時內含善惡兩面。例如，印度的農業神濕婆（Shiva）同時具備破壞神的特質。此外在古希臘，阿瑞斯（Ares）因掌管戰爭的負面性而被獻惡，但在擴張領土的羅馬，卻被奉為戰士的理想形象，並尊為瑪爾斯（Mars）神。由此可見，根據思想與宗教觀的不同，立場也可能隨之改變。在古代，神不僅被視為賜予人類恩惠的

存在，同時也被信仰為能降下災厄的存在。

可是，隨著時代變遷，基督教成為信仰的核心後，那些仇視人類的神祇，開始被區別對待，並被視為「異形之者」。基督教將萬物的創造主奉為唯一的神來崇拜。因此，許多古代神祇被重新詮釋，其中部分甚至被賦予「惡魔」的形象，成為與聖神對立的存在，並在歷史中遭到壓制。

但是，基督教認為，人類雖然誕生於世，卻天生背負著罪孽，因此主張人應當以禁慾的方式生活，並強調自我約束的必要性。在尋找聖杯的故事中，珀西瓦里與波爾斯在旅途中遭遇

的幻想般且魅惑人心的惡魔，被認為是象徵強烈且激昂情感的隱喻。

也就是說，惡魔並非僅僅是社會中顯現出的邪惡化身，而是人內心深處潛藏的軟弱與脆弱的映照，也是一種象徵性的面具。

在尋找聖杯途中，沉睡中的蘭斯洛特遭遇到四名女子誘惑，其中包括擅長魔法的摩根勒菲。

084

第四章

蘭斯洛特爵士與王妃的禁忌之戀導致圓桌騎士團與王國的崩潰

◆ 第四章的登場人物與故事概要 ◆

圓桌騎士之一的蘭斯洛特，深陷與王妃桂妮薇爾禁忌之戀的迷惘之中。當兩人的關係曝光後，引發了圓桌騎士團的內部分裂與激烈鬥爭。最終，莫德雷德趁機發動叛亂，導致亞瑟王國的崩潰。

帕特里斯
誤食毒蘋果而喪命的騎士，桂妮薇爾因此被視為兇手並遭到指控。

亞瑟王
在得知蘭斯洛特與王妃的不貞行為及莫德雷德的叛亂後，被迫做出裁決。

計畫暗殺？　　夫妻　　親子　謀反

桂妮薇爾
亞瑟王的王妃。因被指控為暗殺陰謀的主謀，原本即將被處以火刑，最後被蘭斯洛特救出。

莫德雷德
亞瑟王的私生子。在亞瑟王遠征期間被留在王國鎮守，但他趁機擄走王妃桂妮薇爾，發動叛亂。

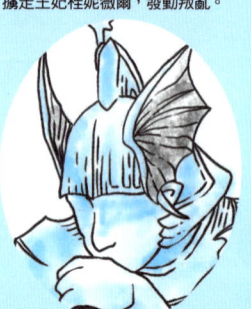

要求援助　　　歸還　　　下令歸還聖劍

湖中貴婦
宛如妖精般的存在。「湖中貴婦」是泛指一群女性，據說曾賜予蘭斯洛特養育之恩。此外，將聖劍交給亞瑟王的女性也被認為是其中之一。

聖劍「埃克斯卡利伯」
亞瑟王的聖劍。臨終之際，亞瑟王將其託付給貝德維爾，命令他將聖劍拋入湖中。

貝德維爾
在莫德雷德軍與亞瑟王的決戰中倖存的最後一名獨臂騎士。受亞瑟王之命，被託付歸還聖劍。

086

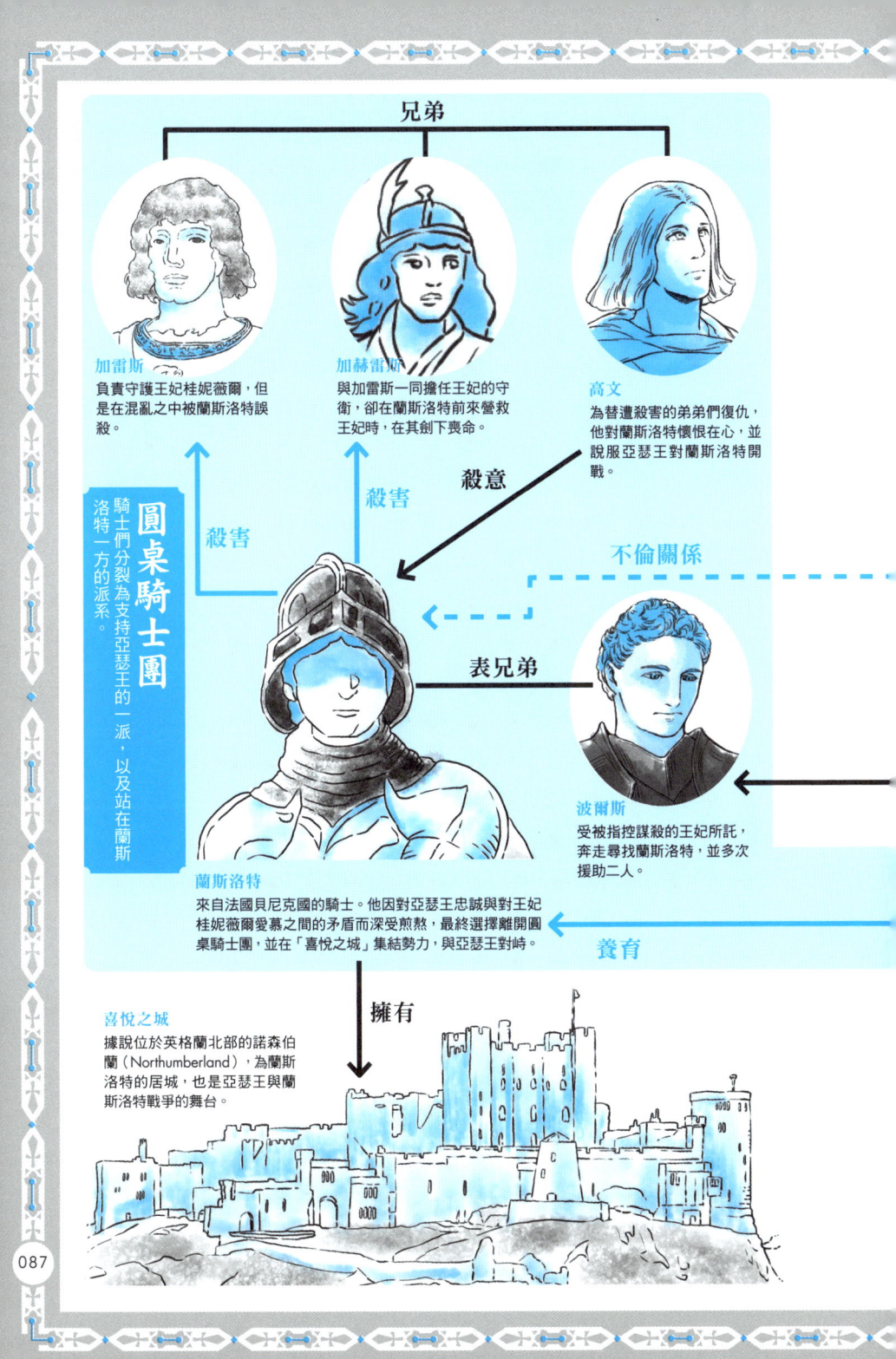

兄弟

加雷斯
負責守護王妃桂妮薇爾，但是在混亂之中被蘭斯洛特誤殺。

加赫雷斯
與加雷斯一同擔任王妃的守衛，卻在蘭斯洛特前來營救王妃時，在其劍下喪命。

高文
為替遭殺害的弟弟們復仇，他對蘭斯洛特懷恨在心，並說服亞瑟王對蘭斯洛特開戰。

殺害 ← 殺害 ← 殺意 ← 不倫關係

圓桌騎士團
騎士們分裂為支持亞瑟王的一派，以及站在蘭斯洛特一方的派系。

蘭斯洛特
來自法國貝尼克國的騎士。他因對亞瑟王忠誠與對王妃桂妮薇爾愛慕之間的矛盾而深受煎熬，最終選擇離開圓桌騎士團，並在「喜悅之城」集結勢力，與亞瑟王對峙。

表兄弟

波爾斯
受被指控謀殺的王妃所託，奔走尋找蘭斯洛特，並多次援助二人。

養育

擁有 ↓

喜悅之城
據說位於英格蘭北部的諾森伯蘭（Northumberland），為蘭斯洛特的居城，也是亞瑟王與蘭斯洛特戰爭的舞台。

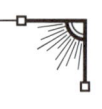

由湖中貴婦撫養、法國出身的 蘭斯洛特爵士

亞隆戴特（Arondight）
據說是蘭斯洛特愛用的佩劍。最早見於14世紀初期的中古英語詩歌《漢普頓的貝維斯傳》（Beves of Hamtoun），但是在中世紀的亞瑟王文學中並未出現過此劍。

典型的騎士——蘭斯洛特
來自法國地方國家貝尼克的王子。他被描繪為力量與人格兼備的最強騎士，並受到眾多騎士的信賴。此外，他也是撲克牌中梅花J的原型之一。

蘭斯洛特之子「加拉哈德」，原本便是蘭斯洛特的幼名。

「蘭斯洛特」是在「亞瑟王傳說」中，被描繪為最具氣概與最強大的騎士。他來自法國地方國家貝尼克的王室班王的兒子，不過他的家族因家臣的背叛而失去城池，父親亦因此喪命。

父親死後，蘭斯洛特隨母親一同逃亡。在逃亡途中，當母親停留在湖邊休息時，蘭斯洛特遭到湖中貴婦帶走，當時的他仍是年幼的孩童。最終，蘭斯洛特在湖中貴婦的養育下，成長為一名溫和優雅的騎士，直至18歲時被送往亞瑟王身邊。

關於蘭斯洛特的出身，湯瑪斯・馬洛禮在其著作《亞瑟王之死》中並未詳細描述。然而，他的英勇事蹟卻被廣泛記載。例如，他曾多次拯救圓桌騎士團成員脫離困境等。作為圓桌騎士，蘭斯洛特的武藝與氣度皆堪稱騎士之最。

撫養蘭斯洛特的湖中貴婦

蘭斯洛特的父親貝尼克國王戰死後，他在逃亡的途中由母親帶著。然而，據說當母親稍不注意時，蘭斯洛特便被湖中貴婦擄走。

蘭斯洛特被帶往水之國。年幼的他在湖中貴婦的庇護下成長，直至18歲。因此，他有「湖中騎士」的異名。

湖中貴婦
擄走蘭斯洛特並將他培養成卓越騎士的神祕存在，形象類似妖精。她有時以「薇薇安」或「妮妙」等不同名字出現，部分情況下也被視為與摩根勒菲相同的存在。

「亞瑟王傳說」與法國的關係密切嗎？

雖然「亞瑟王傳說」通常帶有強烈的英國印象，但它與法國也有著深厚的關係。例如，蘭斯洛特的故鄉位於法國，而湖中貴婦的居所也被認為是在法國布列塔尼的布羅塞利安森林之中。此外，像是《蘭斯洛特或馬車騎士》、貝洛爾與托馬的《崔斯坦傳說》，以及「布列塔尼文學」所涵蓋的作品群，在12世紀至15世紀期間，主要在法語圈流傳，而這些作品大多構成了「亞瑟王傳說」的主要基礎。由此可見，「亞瑟王傳說」的根幹與法國有著極為深遠的關聯。

布羅塞利安森林
這片神祕的森林在許多神話與傳說中登場，並在「亞瑟王傳說」中多次出現。據傳，它位於法國的布列塔尼地區。

康貝爾城
位於布羅塞利安森林，據傳是湖中貴婦的居所。現今，這裡已成為「亞瑟神話研究所」。

蘭斯洛特爵士與桂妮薇爾王妃譜寫出的**真摯戀曲**

桂妮薇爾

為亞瑟之父烏瑟的忠臣——李奧多格蘭斯國王之女。她被譽為絕世美女，卻遭梅林批評「並非理想的王后」。在桂妮薇爾與亞瑟王的婚禮上，作為嫁妝的圓桌被贈予亞瑟王，從此圓桌騎士團正式成立。

由於懷疑桂妮薇爾與蘭斯洛特存在不倫關係的人越來越多，蘭斯洛特擔心她會因此遭受傷害，於是刻意掩飾自己。不過，他的用意並未傳達給桂妮薇爾，反而遭她譏諷：「原來你只是個虛偽的騎士，對你而言不過是逢場作戲罷了。」最終，桂妮薇爾對蘭斯洛特徹底心灰意冷。

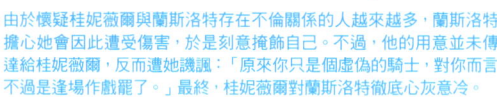

　桂妮薇爾與蘭斯洛特的禁忌之戀，動搖了整個亞瑟王的世界。魔法師梅林預知此事，便反對亞瑟王與桂妮薇爾的婚姻（⇨P32），而兩人之間的不倫戀情卻成為了事實。

　蘭斯洛特既是忠誠的騎士，也是亞瑟王的摯友，卻做出背叛君主的行為；同時，他也無法抑制自己對桂妮薇爾的愛戀，深受矛盾折磨。

　但是，這段禁忌的戀情雖然一次次被切斷，卻又不斷的復燃，最終持續了下去。

　不久，他們開始疏忽於隱藏這段禁忌戀情而出現了另一個問題，蘭斯洛特為了掩飾自己的背叛行為，刻意在桂妮薇爾以外的女性面前表現親近，舉止輕佻，這種行為徹底激怒了桂妮薇爾。

090

《馬車騎士》中兩人的關係

克雷蒂安・德・特魯瓦以蘭斯洛特為主角創作的故事《蘭斯洛特或馬車騎士》（⇒P104）。由於桂妮薇爾被某位騎士擄走，蘭斯洛特遂踏上拯救王后的旅程，這部作品是首次明確描寫兩人關係的文獻。

小人
駕駛馬車的小人對尋找桂妮薇爾的蘭斯洛特說若乘上馬車，就能獲得桂妮薇爾的消息。

馬車
這輛馬車原本是用來載運罪人的，因此對騎士而言，乘坐其上是一種極大的恥辱。

為了能與桂妮薇爾相見，蘭斯洛特忍受恥辱，毅然乘上馬車。他選擇了對桂妮薇爾的愛，而非自身的名譽。

高文
同行的高文則因為過於在意自身的名聲，拒絕登上馬車。

召喚不幸的妖精？桂妮薇爾

桂妮薇爾是中世紀物語中登場的角色，為李奧多格蘭斯王之女，以其美貌吸引眾人，宛如妖精般的存在。桂妮薇爾與妖術、欺瞞、邪惡之力的關係尤為深厚，因此在「亞瑟王傳說」中，她被描繪為導致圓桌騎士團崩潰的悲劇性人物。此外，在威爾斯語中，她也被稱作「白色幽靈」（Gwenevere）。

王妃的宴會上發生的悲劇

高文的暗殺未遂事件，讓王妃遭受懷疑

高文每天都會吃水果，特別喜歡蘋果和梨子。因此，皮納爾準備了毒蘋果。不幸的是，與此事無關的帕特里斯卻誤食了毒蘋果。

遭受懷疑的桂妮薇爾
由於這場宴會的主辦者是桂妮薇爾，聚集的騎士們無不懷疑她就是罪犯。

帕特里斯
受邀參加宴會的愛爾蘭騎士。為了冷卻因葡萄酒而發熱的身體，他拿起了一顆蘋果，卻沒想到那是被下毒的蘋果。

為了掩飾不倫關係，蘭斯洛特故意與其他女性親近，這讓桂妮薇爾憤怒不已，最終將他逐出宮庭，成為一名隱士。蘭斯洛特被驅逐後，桂妮薇爾召集圓桌騎士舉辦了一場盛大的宴會。

然而，就在宴會之際，為了替自己的表弟——遭到高文殺害的蘭馬洛克復仇（⇒P58），騎士皮納爾帶著下毒的蘋果潛入宴會。沒想到帕特里斯成為代罪羔羊，誤食毒蘋果而因此身亡。

桂妮薇爾被懷疑是這起謀殺案的兇手，並被送上決鬥審判以證明自己的清白。不過，願意為她而戰的騎士卻遲遲未出現。就在此時，蘭斯洛特得知她身陷危機，急忙趕來參戰，最終獲勝，成功洗清桂妮薇爾的嫌疑。

092

證明桂妮薇爾無罪的決鬥審判

在中世紀歐洲，當審判缺乏確鑿證據時，原告與被告會透過決鬥來分勝負，勝者的主張即被視為正當，這一制度被稱為「決鬥審判」。

從10世紀至12世紀，決鬥審判達到最盛期。然而，1215年的拉特蘭會議決議禁止該制度後，自14世紀起，決鬥審判幾乎不再進行。

基督教普遍認為「正義的一方會獲得神的庇佑」及「戰敗即是神的審判」，這個信仰影響了決鬥審判的發展。

第四章｜蘭斯洛特爵士與王妃的禁忌之戀導致圓桌騎士團與王國的崩潰

隱居的蘭斯洛特

蘭斯洛特因觸怒桂妮薇爾而被逐出宮庭，最終流落隱居。

波爾斯
在桂妮薇爾的請求下，波爾斯一度接受了戰鬥的任務。然而，他認為蘭斯洛特才是更適合拯救桂妮薇爾的騎士，於是將蘭斯洛特帶回。

期待救援的桂妮薇爾
桂妮薇爾為了證明自己的清白，必須有騎士為她作戰，但卻無人應戰。她只能將這一重任託付給了對蘭斯洛特極其仰慕的波爾斯。

蘭斯洛特在波爾斯的引薦下，投奔隱士布拉修斯，並以隱士的身分過著隱居生活。但是，當波爾斯告知他桂妮薇爾正面臨危機時，蘭斯洛特決心參加決鬥審判，以拯救她。

093

從刑場帶走桂妮薇爾的蘭斯洛特

蘭斯洛特將所有阻止桂妮薇爾獲救的敵人盡數斬殺,然後讓她一同騎上自己的馬匹前往他的城堡。

> 許多勇敢的騎士在此戰中喪命,其中甚至包括與蘭斯洛特關係親近之人。

● 高文的進言
為了避免二人的不倫情事曝光並導致圓桌騎士團的瓦解,高文試圖說服亞瑟王相信蘭斯洛特的忠誠。然而,亞瑟王卻更加堅定了處以桂妮薇爾火刑的決心。

蘭斯洛特爵士與桂妮薇爾王妃的不貞之情被揭發

對蘭斯洛特與桂妮薇爾的關係感到不滿的阿格拉文與莫德雷德,策劃了一個計謀,意圖揭發他們的關係。

為了獲得證據,他們趁亞瑟王不在時,帶領圓桌騎士12人前往王后的房間逮捕蘭斯洛特。蘭斯洛特辯稱自己並非前來密會王后,而阿格拉文則主張應當殺死蘭斯洛特,並發起攻擊。然而,他們隨即被蘭斯洛特反殺,最終全數喪命,僅有莫德雷德僥倖逃脫,並將此事通報給亞瑟王。亞瑟王憤怒不已,為了懲戒桂妮薇爾的罪行,決定將她處以火刑。

蘭斯洛特趕往刑場,擊敗抵抗的騎士們,成功救出桂妮薇爾,隨後驅馬疾行,前往自己的居城「喜悅之城」,以確保她的安全。

094

擁有「G」之名的高文兄弟們

與蘭斯洛特對立的高文（Gawain）有三位弟弟，分別是阿格拉文（Agravain）、加赫雷斯（Gaheris）與加雷斯，他們的名字皆有「G」的發音。因此，這些兄弟間常被混淆，《亞瑟王之死》的作者馬洛禮也時常混淆加赫雷斯與加雷斯兩人。

高文

仰慕蘭斯洛特的加雷斯
在《散文特里斯坦》（⇒P123）中登場。加雷斯因愛人被殺害，而選擇與自己的親兄弟加赫雷斯一同復仇，這使人們時常將他與加赫雷斯混淆。此外，在《亞瑟王之死》中，尊敬蘭斯洛特的加雷斯形象，可能是馬洛禮錯將其與加赫雷斯混淆的結果。

另一位弟弟加赫雷斯
加赫雷斯相較之下較為低調，但仍被形容為勇猛果敢且相貌英俊。他最初應是被蘭斯洛特所殺的角色，但在馬洛禮的作品中，他則被賦予了承擔加雷斯之死悲劇的角色。

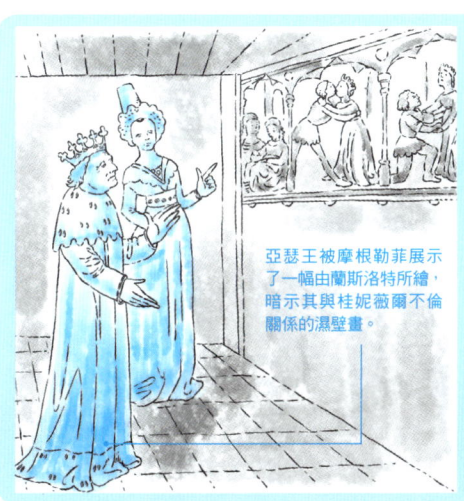

揭發不倫的是摩根勒菲？

在中世紀法語散文《亞瑟王之死》（⇒P105）中，揭發蘭斯洛特與桂妮薇爾不倫關係的是亞瑟王的姊妹——摩根勒菲。摩根為了復仇，將蘭斯洛特親手繪製的濕壁畫——描繪王妃與其私通之情景，展示給亞瑟王觀看。此外，在同時代的聖杯故事中，在同時代的聖杯傳說中，描寫了摩根勒菲向愛慕王后的蘭斯洛特示好，卻遭到冷淡拒絕，因而心生嫉妒的場景。

亞瑟王被摩根勒菲展示了一幅由蘭斯洛特所繪，暗示其與桂妮薇爾不倫關係的濕壁畫。

第四章　蘭斯洛特爵士與王妃的禁忌之戀導致圓桌騎士團與王國的崩潰

高文與蘭斯洛特的決鬥

兩人立下誓約，直到其中一方戰死或投降為止，任何人都不得介入這場決鬥。雙方展開了激戰。當時間過了正午，高文的力量開始衰退，蘭斯洛特趁勢加強攻勢，最終擊敗了高文。

高文的力量隨著時間逐漸增強，因此蘭斯洛特花費了整整3小時才勉強撐過去。然而，到了下午，高文的力量突然變弱，蘭斯洛特一口氣將他擊倒。

高文在早上9點到正午的3個小時內，會獲得讓自身力量增強3倍的恩賜。

騎士們分裂為亞瑟王派與蘭斯洛特派而爆發戰爭

拯救桂妮薇爾之際，在戰場的混亂之中，蘭斯洛特沒有察覺到自己誤殺了高文的弟弟加赫雷斯。蘭斯洛特與桂妮薇爾的不倫之戀被揭發後，蘭斯洛特遭到放逐。而高文因弟弟被殺，對蘭斯洛特懷恨在心，發誓復仇。高文向亞瑟王進言，提議圍攻蘭斯洛特的城堡「喜悅之城」。

於是，亞瑟王親自率軍，與蘭斯洛特的勢力展開激戰。然而，當亞瑟王出征與蘭斯洛特交戰時，蘭斯洛特卻在城內固守長達15週，始終沒有離開城堡主動迎戰。

圓桌騎士之間的戰鬥，蘭斯洛特原本希望能以和平方式解決。但是，燃燒著復仇之心的高文，斷然拒絕了這一提議。最終，兩人展開了單挑對決。在戰鬥中，高文身受重傷，但蘭斯洛特沒有給予致命一擊，也沒有刺殺他。就這樣，高文得以恢復，並再度向蘭斯洛特發起挑戰。

096

分裂的圓桌騎士團

由於蘭斯洛特為了拯救桂妮薇爾而殺害了圓桌騎士，圓桌騎士團最終分裂為支持亞瑟王派與蘭斯洛特派兩個陣營。

● 亞瑟王陣營
主要由英格蘭的諸侯組成，高文作為亞瑟王的盟友，成為該陣營的核心人物。

亞瑟王　高文

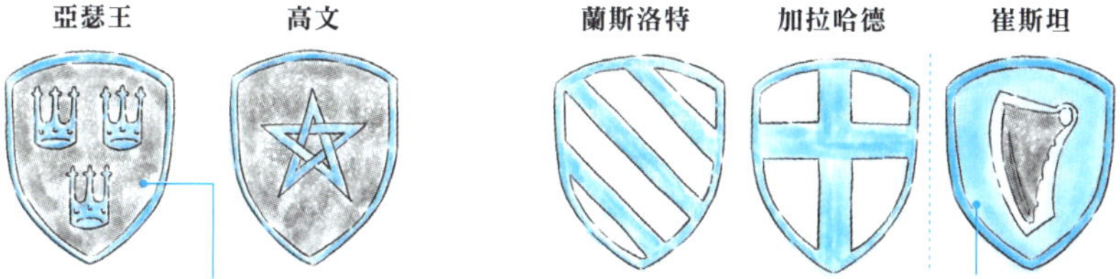

亞瑟王的圓桌騎士們各自擁有自己的盾徽，其圖案因時代不同而有所變化。

● 蘭斯洛特陣營
主要由法國的諸侯組成，許多忠於蘭斯洛特的騎士站在他這一邊。據說蘭斯洛特回到了自己擁有領地的故鄉法國，並在當地建立了自己的勢力。

蘭斯洛特　加拉哈德　崔斯坦

如果崔斯坦這個時候還活著，他應該會加入蘭斯洛特陣營吧！

蘭斯洛特的居城「喜悅之城」

原本這座城堡被施加了魔法，被稱為「悲苦之堡」，但蘭斯洛特解除了城堡上的詛咒，並將其改名為「喜悅之城」，成為自己的居城。

「喜悅之城」的原型——班堡城

據說「喜悅之城」位於英格蘭北部的諾森伯蘭郡。馬洛禮認為，英國現存的班堡城（Bamburgh Castle）就是「喜悅之城」的原型。

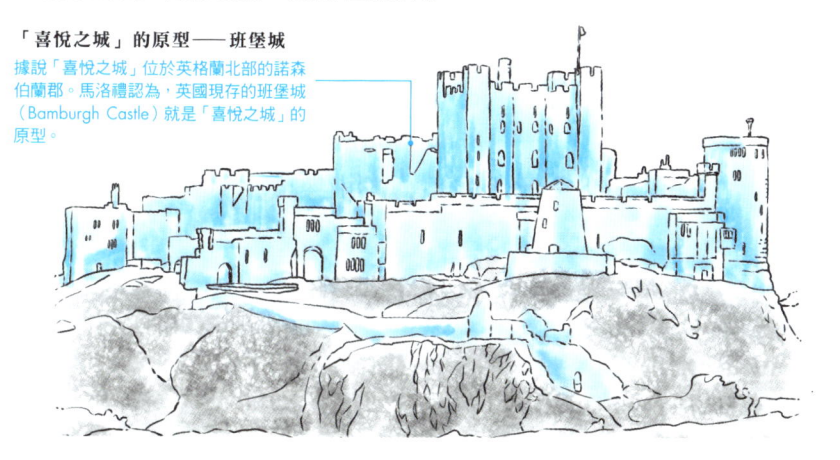

英國與法國的歷史與「亞瑟王傳說」

馬洛禮撰寫《亞瑟王之死》時，正值英法百年戰爭結束之際。百年戰爭（1337年～1453年）是一場圍繞法國王位繼承權的戰爭。「亞瑟王傳說」中，同樣描寫了圍繞亞瑟王的英國派系，與以蘭斯洛特為首的法國派系之間的分裂。這或許反映了當時的歷史背景，馬洛禮可能也受到這樣的時代氛圍影響。

與莫德雷德軍交戰，亞瑟王身受致命傷

盧坎（Lucan）也勸告亞瑟王不應輕易對不祥的莫德雷德出手，應當避開為妙。然而，亞瑟王無法原諒這個帶來災禍的逆子，最終仍用長槍刺殺了莫德雷德。

倫戈米尼亞德（Rhongomyniad）
亞瑟王最終用來刺殺莫德雷德的長槍，亦稱為「倫之槍」。此槍的名稱也出現在《庫爾威奇與歐雯》中，而在《不列顛尼亞列王史》中，則記載亞瑟王在巴頓山戰役中持有這把長槍。

亞瑟王遠征期間，由莫德雷德代理統治，但莫德雷德卻發動了叛亂。「亞瑟王已被蘭斯洛特所殺」，莫德雷德向各領主寄送書信，宣稱自己才是王位繼承者。得知消息的亞瑟王迅速返回不列顛，擊退了莫德雷德軍。不過，在這場戰爭中，與蘭斯洛特交戰時所受的傷勢開始惡化，最終導致高文不幸身亡。

亞瑟王在夢中受到高文幽靈的警告：「若現在開戰，雙方軍隊將會全軍覆沒。」因此，亞瑟王提出停戰一個月的提案。但是，在停戰儀式進行中，一名騎士見到蜷伏的蝮蛇，於是拔劍應對，導致戰鬥爆發，停戰協議瞬間瓦解。雙方軍隊幾乎全數滅亡，倖存者僅有亞瑟王、執事盧坎、其弟貝德維爾，以及莫德雷德。亞瑟王以長槍擊殺僅存的莫德雷德，但自己也因此受到致命傷。

098

亞瑟王與莫德雷德的單獨對決

亞瑟王從執事盧坎手中接過長槍,並從盾牌下方刺向莫德雷德。槍貫穿莫德雷德的胸膛,使其身受重創。

莫德雷德的最後一擊
儘管槍已刺穿胸膛,莫德雷德仍拼盡最後的力氣,向手持長槍的亞瑟王靠近,並用劍朝王的頭部揮下,最後斷氣。

桂妮薇爾詭稱「要前往倫敦,準備結婚所需的物品」,便獲得8天的時間,並躲進倫敦塔。

圍困桂妮薇爾的莫德雷德軍隊

在與馬洛禮版本不同的中世紀法語散文《亞瑟王之死》(⇒P105)中,被亞瑟王委託留守的莫德雷德,與王后桂妮薇爾共處期間,對她產生了愛慕之情,甚至逼迫她與自己結婚。桂妮薇爾設法逃至倫敦塔避難,莫德雷德則為了將她逼出來,而包圍了整座塔樓。

莫德雷德軍使用大炮與投石機攻擊倫敦塔。

高文之死

察覺自己大限將至的高文,為了幫助因莫德雷德叛亂而陷入苦戰的亞瑟王,寫信給蘭斯洛特。

關於高文之死,存在多種異說。根據14世紀後半的中英語頭韻詩《三王會議》,高文是與莫德雷德軍作戰後倖存下來,最後將聖劍「埃克斯卡利伯」投向湖中。此外,湯瑪斯.休斯在1587年的《亞瑟之悲運》中則描述,高文死於莫德雷德之手,並導致王位覆滅。

第四章　蘭斯洛特爵士與王妃的禁忌之戀導致圓桌騎士團與王國的崩潰

099

阿瓦隆之旅

在與莫德雷德的一對一決鬥中負傷致命的亞瑟王，為了治癒傷勢，啟程前往名為阿瓦隆的島嶼。

迎接他的船上，有亞瑟王的同母異父姊妹摩根勒菲、北威爾斯的王妃，以及荒地的王妃這三人。

貝德維爾將聖劍投入湖中後，依照亞瑟王的遺願，將他移至湖邊。傳說亞瑟王消失後，貝德維爾便隱居於坎特伯里修道院（Canterbury），終生侍奉神明。

根據中世法語版本的《亞瑟王之死》（⇒P105），瀕死的亞瑟王抱住並使其壓迫而亡。從這一幕可以解讀為，亞瑟王在此刻重新獲得了他本來擁有的熊的粗暴性（⇒P13）。

聖劍歸還湖中，亞瑟王啟程前往**阿瓦隆之島**

在與莫德雷德的單獨對決中，亞瑟王身受致命傷，盧坎與貝德維爾扶著他行走。然而，盧坎也負傷甚重，最終在懷抱著亞瑟王的狀態下氣絕身亡。

自知死期將近的亞瑟王，命令貝德維爾將聖劍「埃克斯卡利伯」拋入湖中。由於劍的刀柄、劍身皆鑲嵌著寶石，華麗無比，貝德維爾見狀，捨不得將其投入湖中，於是將劍藏於樹下，向亞瑟王謊稱已完成命令。但是，亞瑟王識破了他的謊言，命令他再度前往湖邊拋劍。

貝德維爾再次違命，亞瑟王便命令他第三次前往。這次，貝德維爾依照指示，將劍投向湖面，隨即湖中現出一隻女性的手，優雅的接住聖劍「埃克斯卡利伯」，然後緩緩沒入水中。之後，湖中貴婦帶來一艘小船，亞瑟王登上船，與等待他的摩根勒菲一同前往阿瓦隆。

100

亞瑟王迎來最終命運的阿瓦隆是何地？

阿瓦隆是一座傳說中的島嶼，其確切位置不明。在蒙茅斯的傑佛瑞的《梅林的一生》（⇒P27）中，阿瓦隆被描述為一座能夠自然孕育萬物的「蘋果之島」（又稱「至福之島」）。此外，傳說中瀕死的亞瑟王被送往這座島嶼後，他的傷勢得到了治療，並在島上繼續生存。因此，阿瓦隆自此開始被賦予樂園般的意象。

阿瓦隆（Avalon）這個詞的語源部分「阿瓦爾」（aval）意指「蘋果」。

在格拉斯頓伯里修道院（⇒P11），亞瑟王與王妃的遺骨被「發現」後，英國的格拉斯頓伯里便開始被視為阿瓦隆的所在地，這一說法逐漸傳開。

「埃克斯卡利伯」的歸還

當貝德維爾將劍投向湖中時，一隻女性的手臂接住了劍並揮動三次，最後大幅揮舞後，便沉入水中消失了。據說，這隻手臂屬於湖中貴婦。

貝德維爾原本不負責歸還聖劍
在中世紀法語版本的《亞瑟之死》（⇒P105）中，負責歸還聖劍的騎士是格里弗雷（Gifflet，吉爾弗雷）。然而，在馬洛禮版本中，這一角色給了貝德維爾，而格里弗雷則在火刑場上被蘭斯洛特殺害，當時蘭斯洛特正前往救出格溫妮薇。

● 阿瓦隆的女王摩根勒菲
摩根通常被認為具有強烈的惡女印象，但她也與「招致死亡的魔女」或「精靈」有關聯，並被視為亡靈的女王。根據蒙茅斯的傑佛瑞的《梅林的一生》，摩根與八位姐妹共同居住在阿瓦隆島上。

另一說亞瑟王不在阿瓦隆？

據說亞瑟王被送往阿瓦隆，在13世紀由蒂爾貝里的格爾瓦修斯（Gervasius Tilberiensis）所著的《皇帝的閒暇》中，認為位於義大利的埃特納山（Etna）洞窟內。這可以被視為「冬眠」的概念，並與序章中提及的「亞瑟王＝熊」的說法（⇒P13）相互呼應。

埃特納山

蘭斯洛特與桂妮薇爾的最後密會

蘭斯洛特得知桂妮薇爾出家為尼,便發誓自己也將步入修行之道,並懇求她賜予最後的親吻。

蘭斯洛特想若王妃選擇修行之路,在他有生之年也將投身修行,誓言為桂妮薇爾的幸福終生祈禱。隨後,他騎上馬,懇請桂妮薇爾賜予最後的親吻。

然而,桂妮薇爾堅決拒絕蘭斯洛特的請求。自此之後,兩人再未相見。

模擬沉睡亞瑟王的假墓

亞瑟王死後迎來真愛的最終結局

透過桂妮薇爾的信件得知莫德雷德謀反的蘭斯洛特,立即從自己的領地趕往亞瑟王的居城卡美洛。不過,當他抵達時,一切已經結束了。當他聽聞亞瑟王的死訊時,不禁悲嘆。之後,他前往高文的墓前憑弔,並尋找桂妮薇爾的蹤跡。不過,桂妮薇爾已經在修道院出家。蘭斯洛特三次前去探望她,她依然拒絕見面,並明言往後不願再與蘭斯洛特相見。

之後,蘭斯洛特一邊流淚,一邊在夜色中策馬奔馳。最終,他在兩座懸崖之間發現了一座禮拜堂與墓碑。那裡正是曾被莫德雷德追捕的坎特伯里司教所在之處,而伺奉他的正是貝德維爾。當蘭斯洛特聽聞貝德維爾已經皈依修道時,他也向坎特伯里司教表明自己想成為信徒的心願。就這樣,蘭斯洛特為了贖罪,開始了潛心修行的日子。

102

得知桂妮薇爾死訊的蘭斯洛特

某日，蘭斯洛特面前出現了桂妮薇爾即將逝世的幻象，為了將她的遺體葬在亞瑟王身旁，蘭斯洛特前往埃姆斯伯里。

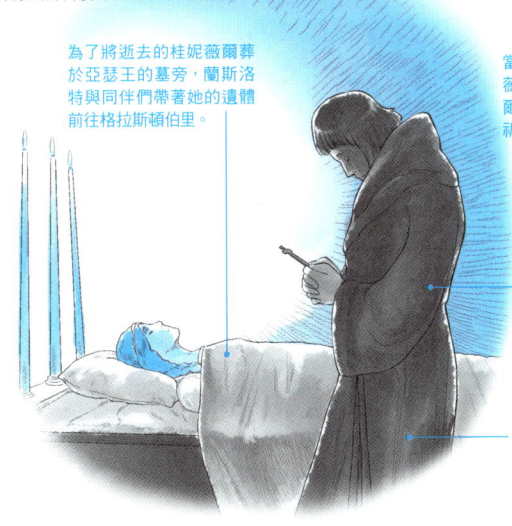

為了將逝去的桂妮薇爾葬於亞瑟王的墓旁，蘭斯洛特與同伴們帶著她的遺體前往格拉斯頓伯里。

當蘭斯洛特抵達修道院時，得知桂妮薇爾就在半小時前去世。面對桂妮薇爾的遺體，蘭斯洛特親自為她舉行了祈禱儀式。

當蘭斯洛特親自將桂妮薇爾的遺體安葬後，他因過度悲傷而昏厥倒地，許久未能起身。看到亞瑟王與桂妮薇爾的遺體並列長眠的景象，使他的內心沉浸在深深的悲傷之中。

蘭斯洛特的臨終時刻

桂妮薇爾逝世後，蘭斯洛特日夜不斷的祈禱，幾乎不再進食，日漸消瘦憔悴不久之後，他便因病去世。

身形憔悴，外貌幾乎無法辨認的蘭斯洛特，在亞瑟王與桂妮薇爾的墓上度過了最後的時光，最終辭世。

蘭斯洛特的遺體，據說被葬於他的居城「喜悅之城」。

第四章　蘭斯洛特爵士與王妃的禁忌之戀導致圓桌騎士團與王國的崩潰

◆ 了解**蘭斯洛特**的相關資料 ◆

即使在「亞瑟王傳說」中，蘭斯洛特在早期的作品群中並未登場。
然而，自12世紀後半首次登場後，
他便在各種不同的故事中被描繪。

---描寫蘭斯洛特禁忌之愛的宮廷羅曼史開端---
✝ 蘭斯洛特或馬車騎士
Lancelot ou le Chevalier de la Charrette

製作年分：約1177～1181年
作者：克雷蒂安・德・特魯瓦（約1135～1185年）
語言：古法語
登場人物：蘭斯洛特／桂妮薇爾／高文　等
日譯書籍：《法國中古世文學選2》所收《蘭斯洛特或馬車騎士》（神澤榮三譯／白水社）

解說：《不列顛尼亞列王史》中，和以法語寫成的敘事詩《不列顛尼亞故事》中都沒有提到的蘭斯洛特的冒險事蹟，在《蘭斯洛特或馬車騎士》首次被詳細描寫，並以此為契機，13世紀以後發展出「蘭斯洛＝聖杯輪迴」這類的故事群。

故事概要：某日，亞瑟王的王后桂妮薇爾遭到不明人士擄走，高文聽聞此事後，急忙追尋王后行蹤。途中，他在森林遇見了神祕的騎士。這名騎士歷經重重考驗，最終成功拯救了王后，而這位騎士的真實身分，正是蘭斯洛特。

據說，劫走王后的騎士就在高盧國。前往高盧國的道路有兩條，高文選擇「水中之橋」，而蘭斯洛特則選擇「劍之橋」。這兩條路都極為危險，從未有人能夠成功穿越。然而，蘭斯洛特最終成功通過「劍之橋」，順利抵達高盧國，並找到了王后的下落。

蘭斯洛特
Lanzelet

──王后與他並非一對戀人？蘭斯洛特最早期的故事──

製作年分：約1195～1200年
作者：烏爾里希・馮・薩茨維克霍亨（Ulrich von Zatzikhoven）
語言：中古高地德語
登場人物：蘭斯洛特／湖中貴婦／亞瑟王／桂妮薇爾　等
日譯書籍：《湖的騎士蘭斯洛特》（平尾浩三譯／同學社）

解說：在以蘭斯洛特為主角的作品中，這是以德語撰寫的最早期作品。這部作品中的蘭斯洛特，與後來那位被描繪為誠實且擁有高貴騎士精神的形象大相逕庭。他與各種女性發生關係後便離開，最終與一位女子結婚並生子。此外，本作品的一大特色是，蘭斯洛特與亞瑟王的王后桂妮薇爾沒有發展不倫關係，這點與後來流傳的蘭斯洛特故事迥然不同。本作的蘭斯洛特由湖中貴婦養育長大，但這一設定僅是附帶背景，並未成為故事的主要情節。此外，高文、崔斯坦等圓桌騎士雖有登場，但並未在故事的核心敘事中發揮重要影響力。

故事概要：在妖精女王的島上成長的蘭茲萊特（蘭斯洛特），被妖精女王賦予討伐仇敵伊維萊特的使命。在離開妖精之島後，蘭茲萊特與各種公主邂逅，最終成功討伐伊維萊特，並迎娶他的女兒伊布莉絲為妻。

蘭斯洛特本傳
Lancelot

──「蘭斯洛＝聖杯輪迴」核心的故事──

製作年分：約1220年
作者：不明
語言：古法語
登場人物：蘭斯洛特／亞瑟王／桂妮薇爾　等
日譯書籍：無

解說：此作為13世紀中期完成的「蘭斯洛＝聖杯輪迴」散文故事群中的一部分，且約占整個故事群的一半篇幅。在本作中，自幼年時期便受到湖中貴婦養育的蘭斯洛特，成為圓桌騎士團的一員，受到對桂妮薇爾愛戀的鼓舞，同時揮舞著武器奔赴戰場，得到功勳。

亞瑟王之死
La Mort le Roi Artu

──為「蘭斯洛＝聖杯輪迴」劃下終章──

製作年分：約1230年
作者：不明
語言：古法語
登場人物：蘭斯洛特／亞瑟王／莫德雷德　等
日譯書籍：《法蘭西斯中世文學集4》所收《亞瑟王之死》（天澤退二郎譯／白水社）

解說：本作承接《蘭斯洛特本傳》、《聖杯的探索》，是「蘭斯洛＝聖杯輪迴」的最終長篇故事。劇情聚焦於因王位繼承問題而引發的莫德雷德叛亂，以及亞瑟王與既是外甥又是親生兒子莫德雷德單獨決鬥，亞瑟王因致命傷而死去，王國亦因此走向毀滅。

既能幫助英雄也會阻撓英雄的 小人

在「亞瑟王傳說」的早期代表作《馬車騎士》中，主角蘭斯洛特為了追尋被擄走的王妃桂妮薇爾，在旅途中遇到一位拉著馬車的小人。此場景描繪了異世界的存在，小人負責引領主角並協助其尋找王妃，擔任類似嚮導的角色。另一方面，在同作中登場的另一位小人則住在異界，並將蘭斯洛特引向另一條道路，導致蘭斯洛特無法回到亞瑟王的宮庭。這位小人不僅無意幫助主角，甚至反而成為阻礙旅程的角色。

這類小人既是助英雄一臂之力的存在，同時也被認為是狹隘且懷有惡意的存在。特別是關於陰險性格的記述，在世界各地的古代傳說中屢見不鮮，尤其經常出現在北歐神話中。其中，矮人族「多瓦爾格」（Dvergr）便是其典型代表。

此外，矮人亦有陰險的一面。工藝與金屬加工技術卓越，例如雷神之鎚「妙爾尼爾」（Mjolnir）等魔法道具便是其代表。此外，在日耳曼系的傳說中，矮人也以鍛造技術見長。格林童話中的《小人鞋匠》也是其中廣為人知的故事之一。而「手藝靈巧」的形象在現奇幻作品中得以延續，甚至被擴展至賦予他們家事或料理技能等設定。

最早在「亞瑟王傳說」中引入小人角色的是前述《馬車騎士》的作者克雷蒂安・德・特魯瓦。然而，隨著故事的流傳，小人身上的神話性格逐漸淡化。小人原本被視為擁有魔法能力的地下世界居民，令人厭惡與不安。不過，後來逐漸不再棲息於地下，他們逐漸被塑造成忠誠服從於主君召喚的使者。此外，小人逐漸成為戲謔的滑稽象，甚至受到屈辱性對待的情況也越來越多。

值得一提的是，「小人」指的是身材矮小的象徵性存在，經常被視為與擁有相似外貌的妖精相同。

根據倫敦抄本的插畫，拉動蘭斯洛特乘座馬車的即是小人。這些小人多為年老的男性，雖然身形矮胖，但身體健康。

第五章

里奧涅斯的王子崔斯坦
與愛爾蘭公主伊索德
的悲戀

◆ 第五章的登場人物與故事概要 ◆

圓桌騎士之一的崔斯坦，最初源於與亞瑟王傳說不同的古老故事，是其中的主角。崔斯坦成為其舅舅——馬克王（King Mark）的騎士，並與作為王妃嫁來的愛爾蘭公主伊索德展開一場悲劇性的愛戀。

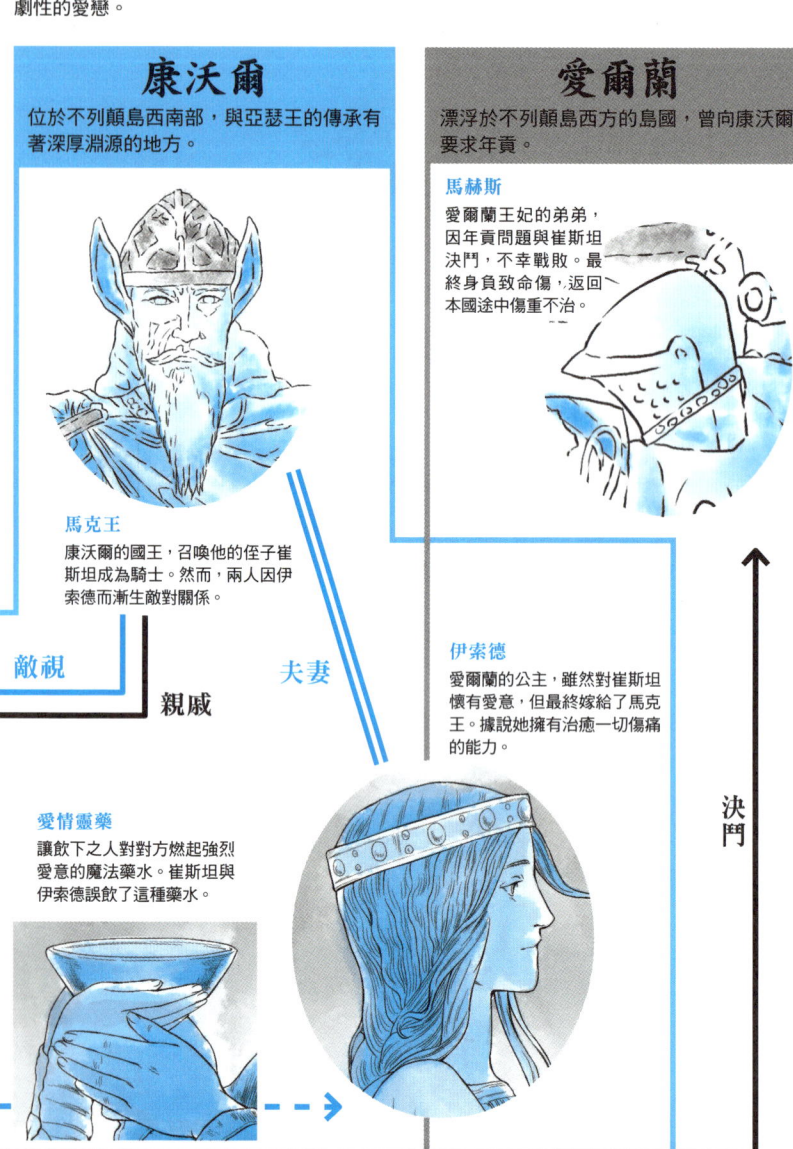

康沃爾
位於不列顛島西南部，與亞瑟王的傳承有著深厚淵源的地方。

馬克王
康沃爾的國王，召喚他的侄子崔斯坦成為騎士。然而，兩人因伊索德而漸生敵對關係。

愛爾蘭
漂浮於不列顛島西方的島國，曾向康沃爾要求年貢。

馬赫斯
愛爾蘭王妃的弟弟，因年貢問題與崔斯坦決鬥，不幸戰敗。最終身負致命傷，返回本國途中傷重不治。

伊索德
愛爾蘭的公主，雖然對崔斯坦懷有愛意，但最終嫁給了馬克王。據說她擁有治癒一切傷痛的能力。

愛情靈藥
讓飲下之人對對方燃起強烈愛意的魔法藥水。崔斯坦與伊索德誤飲了這種藥水。

敵視　　親戚　　夫妻　　決鬥

圓桌騎士團

經由圓桌選拔出的騎士所組成的亞瑟王騎士團。當騎士被選出時，其名字會浮現在座席之上，而據說崔斯坦的名字亦在任命時顯現。

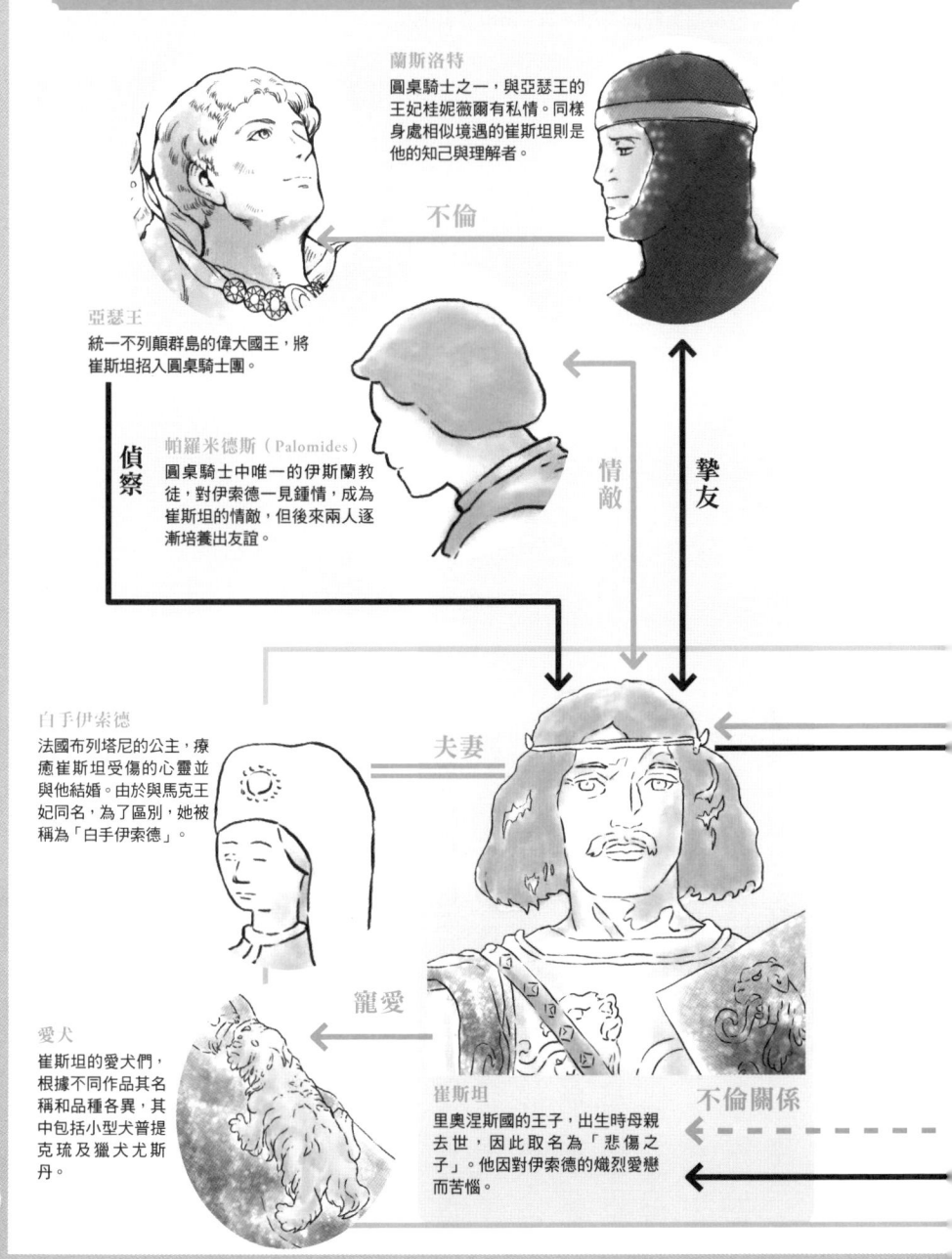

蘭斯洛特
圓桌騎士之一，與亞瑟王的王妃桂妮薇爾有私情。同樣身處相似境遇的崔斯坦則是他的知己與理解者。

不倫

亞瑟王
統一不列顛群島的偉大國王，將崔斯坦招入圓桌騎士團。

偵察

帕羅米德斯（Palomides）
圓桌騎士中唯一的伊斯蘭教徒，對伊索德一見鍾情，成為崔斯坦的情敵，但後來兩人逐漸培養出友誼。

情敵

摯友

白手伊索德
法國布列塔尼的公主，療癒崔斯坦受傷的心靈並與他結婚。由於與馬克王妃同名，為了區別，她被稱為「白手伊索德」。

夫妻

寵愛

愛犬
崔斯坦的愛犬們，根據不同作品其名稱和品種各異，其中包括小型犬普提克琉及獵犬尤斯丹。

崔斯坦
里奧涅斯國的王子，出生時母親去世，因此取名為「悲傷之子」。他因對伊索德的熾烈愛戀而苦惱。

不倫關係

悲劇王子崔斯坦

崔斯坦在父親失蹤、母親去世的悲劇中誕生。馬洛禮的《亞瑟王之死》中，父王梅里奧達斯（Meliodas）雖然奇蹟般生還並復國，但大多數傳說中，他被認為從此行蹤不明，再也沒有回來。

崔斯坦精通豎琴與狩獵。崔斯坦的別名「特里斯坦」（Tristrant）被認為源自「特里斯特」（tristre），該詞意指「狩獵的等待處」。

● **無虛發之弓菲爾諾特**
崔斯坦也被稱為「阿爾克希奴霍」（Arc qui ne faut），意指「百發百中的弓」。這個名稱來自於法語「必中」，後來成為許多遊戲和動畫中的設定。此外，崔斯坦的弓被稱為「菲爾諾特」（Failnaught），但這個名稱並未出現在亞瑟王傳說中。

在《崔斯坦》或《悲傷的崔斯坦》中，他以「悲傷之子」的身分登場。《散文崔斯坦》（⇒P123）則記載，他的名字與法語的「悲傷」（triste）具有相同的語源。

被母親取名為「悲傷之子」的崔斯坦爵士

複數傳承的融合，「亞瑟王傳說」融合了多種傳說，其中包含像高文與梅林這類擁有獨立故事的角色。此外，也有許多原本來自其他故事的登場人物。崔斯坦便是其中之一，他原本是古老悲戀故事的主角，但在中世紀時被納入圓桌騎士的行列，進而成為「亞瑟王傳說」的一部分。他的受歡迎程度甚至可與蘭斯洛特並駕齊驅，成為備受喜愛的角色之一。

崔斯坦出生於布列顛島西南方的島國——里奧涅斯國的王子，但他的誕生卻充滿悲劇。崔斯坦即將誕生之際，他的父親梅里奧達斯國王因拒絕了一名對他心生愛慕的女子，而遭受魔法詛咒，使其遭到囚禁。懷有身孕的王妃在森林中找尋梅里奧達斯，忽然陣痛產下崔斯坦，臨終前她留下話語，為孩子取名為「崔斯坦」，寓意「悲傷誕生之子」，隨後便撒手人寰。

110

崔斯坦真的存在嗎？

被「亞瑟王傳說」納入之前，崔斯坦的起源可能可追溯至8世紀後半，在蘇格蘭稱霸的皮克特人國王塔洛克之子。他的兒子名為「德洛斯坦」（其縮寫即為「特洛斯特」），這可能是崔斯坦這個名字的來源。

崔斯坦的愛犬

崔斯坦在《崔斯坦與伊索德》（⇒P123）中擁有一隻名為普提克琉的小犬，而在貝洛爾的《崔斯坦傳說》（⇒P122）中則記載他擁有一隻名為尤斯丹的獵犬。

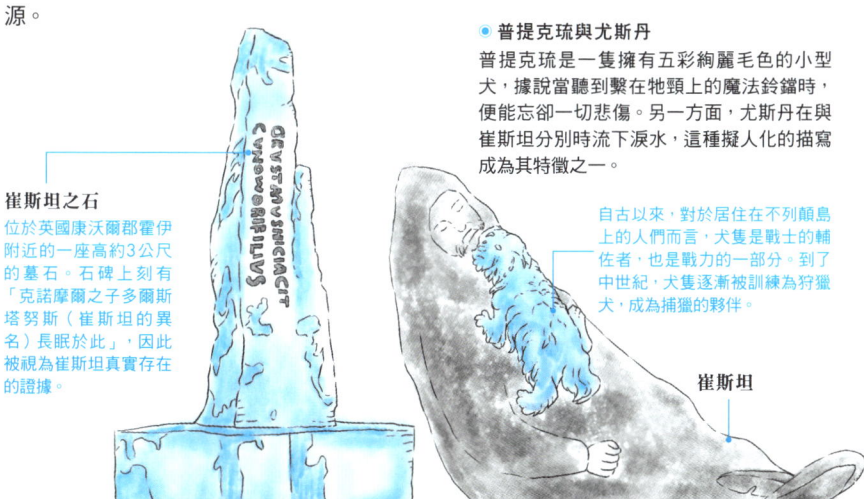

● **普提克琉與尤斯丹**
普提克琉是一隻擁有五彩絢麗毛色的小型犬，據說當聽到繫在牠頭上的魔法鈴鐺時，便能忘卻一切悲傷。另一方面，尤斯丹在與崔斯坦分別時流下淚水，這種擬人化的描寫成為其特徵之一。

崔斯坦之石
位於英國康沃爾郡霍伊附近的一座高約3公尺的墓石。石碑上刻有「克諾摩爾之子多爾斯塔努斯（崔斯坦的異名）長眠於此」，因此被視為崔斯坦真實存在的證據。

自古以來，對於居住在不列顛島上的人們而言，犬隻是戰士的輔佐者，也是戰力的一部分。到了中世紀，犬隻逐漸被訓練為狩獵犬，成為捕獵的夥伴。

崔斯坦

與希臘神話中的阿波羅與獵戶座的相似點

由於崔斯坦是一名獵人，且擅長彈奏豎琴，因此被認為與希臘神話中的阿波羅或獵戶座有關聯。此外，關於崔斯坦這個名字的語源，有一種說法認為可追溯至康沃爾語中代表「三」的「特里」（Tri），以及代表「星」的「斯特倫奴」（Sterenn），因此可與構成獵戶座星座的三顆星產生關係。

● **獵人**
崔斯坦精通狩獵與獵鷹，根據馬洛禮的《亞瑟王之死》，與獵物、狩獵、獵鷹相關的書籍都被稱作「崔斯坦之書」。

● **豎琴名手**
崔斯坦擅長彈奏豎琴，在《散文崔斯坦》（⇒P123）中，他的形象被強調為樂師。據說，12世紀後半的女詩人瑪麗・德・法蘭西（Marie de France）創作了第一首關於崔斯坦的短詩。

阿波羅
以銀色弓箭為武器的希臘藝術之神。其象徵之一為豎琴。

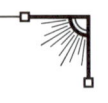

在與馬赫斯爵士的決鬥中負傷，於**美麗的伊索德公主**處療傷

曾遭囚禁的梅里奧達斯在魔法師梅林的幫助下成功復位，並在王子崔斯坦7歲時迎娶繼室。這位繼室對崔斯坦懷恨在心，最終引發了一場未遂的毒殺事件。梅里奧達斯對此震怒，將她判處火刑。但最終在珀西瓦里的懇求下，繼室被赦免，此後兩人建立了良好的母子關係。

崔斯坦在法國與康沃爾經歷了一段時光，長大成人的崔斯坦耳聞一則有關他的舅舅康沃爾馬可國王的消息。據說，敵國愛爾蘭的騎士馬赫斯即將到來，將以每年的進貢為賭注與馬克王的騎士進行決鬥。崔斯坦作為馬克王的騎士挺身迎戰，最終戰勝馬赫斯。然而，馬赫斯的長槍上塗有毒藥，毒素透過傷口滲入崔斯坦的身體，使他瀕臨死亡。崔斯坦得知，唯有前往愛爾蘭才能找到治癒的方法，於是他毅然決然帶著豎琴，乘船出發。

相互傾心的二人

抵達愛爾蘭的崔斯坦展現了自己精湛的豎琴演奏技巧，受到國王的熱情款待。在公主伊索德無微不至的照料下，崔斯坦的傷勢逐漸康復。崔斯坦對伊索德心懷感激，而伊索德也因崔斯坦的治療得以康復，加上崔斯坦教她彈奏豎琴，便漸漸對崔斯坦萌生愛意。

化名「特蘭姆特里斯特」
崔斯坦所擊敗的馬赫斯是愛爾蘭王妃的弟弟。由於馬赫斯在決鬥中身受致命傷而死，王妃便對決鬥的勝利者懷恨在心。因此，當崔斯坦滯留於愛爾蘭時，為了隱藏身分，不得不使用化名。

美麗的伊索德
愛爾蘭的公主，被譽為世上最美的少女。據說她能治癒任何傷口與毒素，在馬洛禮的《亞瑟王之死》中，她被描述為一位高貴的外科醫生。

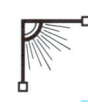

故事的舞台是康沃爾

以崔斯坦為主角的傳承故事,其舞台位於不列顛島最西南部的康沃爾。康沃爾曾是不列顛人為躲避外敵而遷居之地,因此發展出與凱爾特語族有淵源的獨特文化。

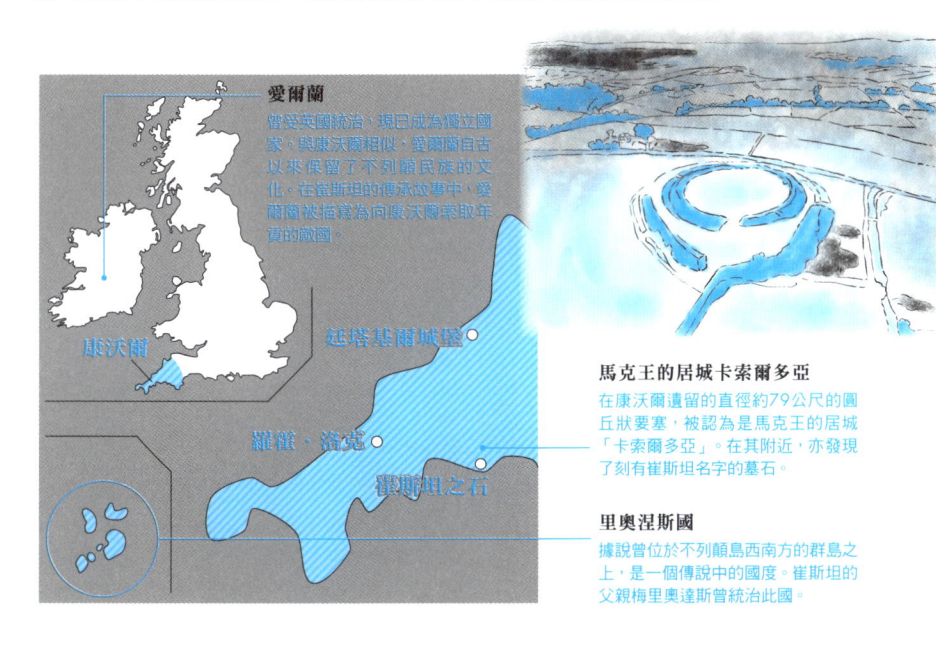

愛爾蘭
曾受英國統治,現已成為獨立國家。與康沃爾相似,愛爾蘭自古以來保留了不列顛民族的文化。在崔斯坦的傳承故事中,愛爾蘭被描繪為向康沃爾索取年貢的敵國。

康沃爾

廷塔基爾城堡

羅賽・納克

崔斯坦之石

馬克王的居城卡索爾多亞
在康沃爾遺留的直徑約79公尺的圓丘狀要塞,被認為是馬克王的居城「卡索爾多亞」。在其附近,亦發現了刻有崔斯坦名字的墓石。

里奧涅斯國
據說曾位於不列顛島西南方的群島之上,是一個傳說中的國度。崔斯坦的父親梅里奧達斯曾統治此國。

崔斯坦 VS 馬赫斯

崔斯坦與馬赫斯的決鬥在某座島嶼上展開。馬赫斯以長槍刺穿崔斯坦的側腹,但在激烈交戰後,崔斯坦反擊,以劍砍傷馬赫斯的頭蓋骨,迫使對方逃回故鄉愛爾蘭。這場死亡決鬥持續了半日以上,兩人皆身受重傷。

馬赫斯
愛爾蘭王妃的弟弟,同時也是亞瑟王圓桌騎士之一。在馬洛禮的《亞瑟王之死》中,他被描述為比高文更強悍,並收錄了他擊退巨人的故事。

● **馬赫斯是怪物嗎?**
在早期的崔斯坦傳承中,馬赫斯被稱為「盧・莫洛特」(le Morholt)。盧・莫洛特定期來到康沃爾,索取貢品與祭品,被認為是類似食人鬼或牛頭人身的米諾陶洛斯(Minotaurus)般的異形存在。然而,這樣的盧・莫洛特形象,在13世紀後幾乎完全消失,最終馬赫斯成為了一名普通的騎士。

崔斯坦

侍女布拉格維因
伊索德的侍女,據說王妃將愛情靈藥託付給布拉格維因,並讓她在婚禮當日將藥交給伊索德,讓馬克王飲用。在華格納的歌劇《崔斯坦與伊索德》中,布拉格維因則以「布蘭格娜」之名登場。

王妃所持有的愛情靈藥,其色澤與香氣都與上等葡萄酒極為相似,因此二人誤以為布拉格維因準備的只是普通的飲品,便錯飲了這份愛情靈藥。據說,這愛情靈藥的味道美妙至極,前所未有。

伊索德　　**崔斯坦**

與將成為馬克王王妃的伊索德共飲**愛情靈藥**

崔斯坦在愛爾蘭與伊索德培養了感情,但王妃的弟弟馬赫斯戰死,他因此暴露了自己的真實身分,被迫逃回康沃爾,甚感欣喜。

然而,一場圍繞伯爵夫人展開的愛情悲劇卻隨之上演。因嫉妒而心生怨恨的馬克王,決意迎娶自己心愛的伊索德,並派遣崔斯坦作為使者,向愛爾蘭國王提親,為自己請婚。

奉命前往愛爾蘭的崔斯坦,成功促成了馬克王與伊索德的婚約。不過,在返回康沃爾的航行途中,崔斯坦與伊索德因口渴而飲下了王妃所攜帶的飲品,卻未察覺這竟是愛情靈藥。

於是,兩人之間萌生了一段終生無法熄滅的熾烈愛情。

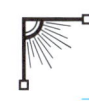

愛情靈藥的效果究竟如何？

《亞瑟王之死》的作者馬洛禮，將愛情靈藥的效果定義為「飲用者之間會萌生熾烈的愛情」。關於愛情靈藥效果的解釋，因作品不同而有所差異，主要可分為「通俗文學系」與「宮廷文學系」兩類。

● **通俗文學系**
即使是原本毫無愛意的雙方，只要飲下愛情靈藥，也會燃起炙熱的戀愛激情。此外，愛情靈藥的效果具有時限，這是通俗文學系的一大特徵。例如，通俗文學系代表作貝洛爾的《崔斯坦傳說》中，崔斯坦與伊索德在飲用愛情靈藥3年後，其效力消失，於是兩人陷入悔恨與苦痛之中。

● **宮廷文學系**
這一派的作品通常將愛情靈藥視為強化原有情感的媒介，而非無端促成愛情。例如，托馬的《崔斯坦傳說》便屬於此類。在宮廷文學系中，崔斯坦與伊索德並非因愛情靈藥才墜入愛河，而是早已對彼此動情，並自願選擇對方作為戀人。這類詮釋方式不僅出現在馬洛禮的《亞瑟王之死》，也廣泛應用於華格納的歌劇中。現代人普遍熟悉的版本，通常屬於宮廷文學系。

愛情靈藥
貝洛爾的《崔斯坦傳說》中，愛情靈藥被稱為「草藥酒」（葡萄酒）。據說，這種飲品的配方源自耶穌在最後晚餐中所祝福的酒，其成分包括：艾草、金絲桃、馬鞭草等藥草。有學者認為，這些草藥可能構成了愛情靈藥的基礎成分。

屠龍的崔斯坦

在崔斯坦的傳說中，部分版本提及他因屠龍的功績，而獲得伊索德作為賞賜。故事描述，愛爾蘭王因深受巨龍侵擾，廣發英雄帖徵求勇士前來討伐。得知消息後，崔斯坦決意出征，勇敢的面對巨龍並成功將其殲滅。然而，在戰鬥過程中，他身受重傷而倒地昏迷，隨後卻被另一名騎士奪走了他的戰利品——巨龍的爪子。伊索德因為感到不對勁，親自前往巨龍的巢穴，發現了重傷倒地的崔斯坦，於是將他帶回宮中救治。最終，崔斯坦因這場戰役而贏得了與伊索德結婚的資格。不過，在這個版本中，崔斯坦與馬克王的關係良好，為了促進康沃爾與愛爾蘭的友誼，伊索德最後還是被指婚給了馬克王，成為其王妃。

龍
在許多文化中，龍的形象往往被描繪得類似於有翅膀的蛇或蜥蜴。在古代不列顛人（英國原住民）心中，龍並非邪惡生物，而是象徵著大自然的神聖存在，並掌管雷雨、火等。不過，隨著基督教的傳播，龍逐漸被描繪為象徵異教的怪物代表。

依作品不同而變化的馬克王形象

統治康沃爾的馬克王是崔斯坦的舅父,即其生母的兄長。在早期的文獻中,馬克王收養了失去雙親的崔斯坦,將他撫養成人,因此在這些作品中,馬克王雖然戴上了被妻子與養子背叛的綠帽,但仍帶有一定的悲劇性色彩。然而,在13世紀以後的作品中,馬克王逐漸被描繪為反派角色,形象也趨於負面化。

馬耳
根據貝洛爾的《崔斯坦傳說》,馬克王擁有馬的耳朵,但這個祕密卻被他的理髮師——小人族的克羅桑發現了。這個故事與希臘神話中彌達斯國王的驢耳相似。理髮師雖然被囑咐不得洩露祕密,但最後還是無法忍受,只好將祕密低聲告訴了一棵樹。沒想到,這棵樹後來被製成樂器,而這樂器演奏出的聲音,竟然變成了「國王的耳朵是驢耳」這樣的歌詞,祕密最終仍然是洩露了。

在《散文崔斯坦》中,馬克王一個殘暴的反派角色,他強暴侍女使她懷孕生子後將其殺害。嫉妒立功的親生弟弟而將其處決,此外,在馬洛禮的《亞瑟王之死》中,也能看到馬克王對崔斯坦懷有深深的憎恨,徹底厭惡他。

兩人的關係被馬克王發現,崔斯坦迎娶白手伊索德

一場盛大的婚禮舉行後,伊索德成為了馬克王的王妃。不過,由於愛情靈藥的影響,崔斯坦與伊索德間的愛意仍然持續燃燒。他們兩人趁著馬克王不在時偷偷幽會,不分日夜尋找機會私下相見。最終,一名嫉妒崔斯坦的騎士發現他赤身躺在伊索德的床上,隨後將他逮捕,而這一切發生得極為迅速。

崔斯坦因受審而被送往海岸岩石上建造的一座教堂,但負責護送的騎士被殺,他趁機逃脫。隨後,崔斯坦立刻前往救出因通姦罪而被囚禁在小屋中的伊索德,那裡原本是為了瘋病患者所建造。兩人開始在森林中隱居生活,有一天趁崔斯坦外出時,伊索德被帶回馬克王的身邊。她在與崔斯坦分離時悲痛的哭泣,而崔斯坦則渡海前往法國,最終愛上並迎娶了一位名叫「白手伊索德」的布列塔尼公主,這位公主與他的舊愛伊索德同名。

馬克王曾原諒兩人的不倫之戀嗎?

在早期的崔斯坦傳說中,崔斯坦與伊索德的不倫關係多次引發疑慮,但馬克王總是選擇相信他們的清白,並原諒了兩人。這些故事描繪了三人之間的相互敬愛,同時也展現出馬克王逐漸陷入猜忌與不信任的內心掙扎。

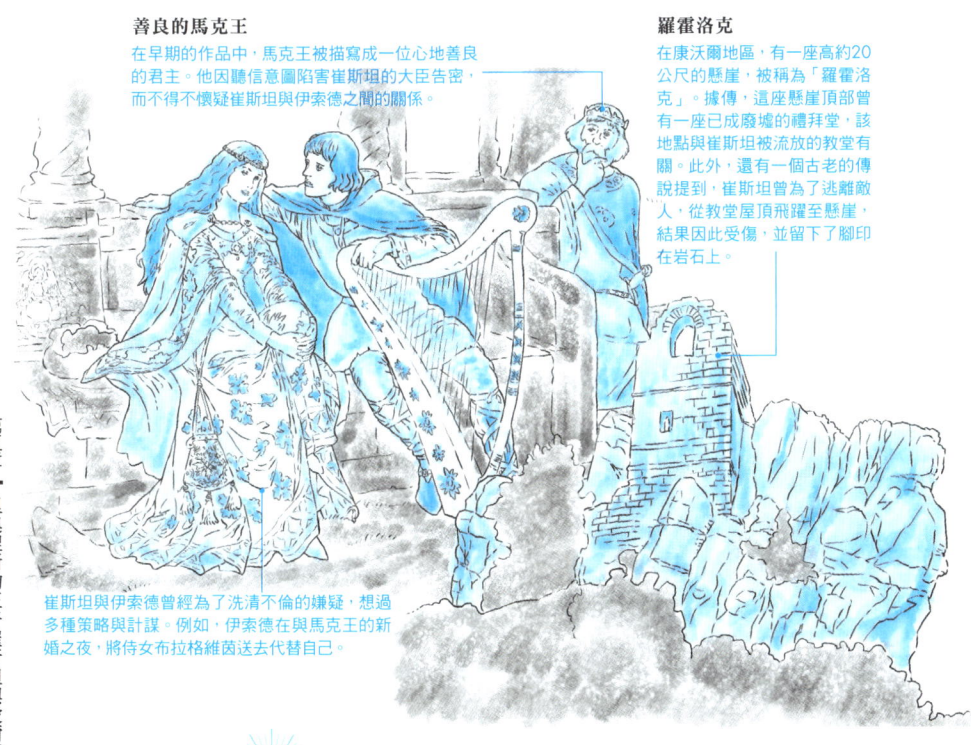

善良的馬克王
在早期的作品中,馬克王被描寫成一位心地善良的君主。他因聽信意圖陷害崔斯坦的大臣告密,而不得不懷疑崔斯坦與伊索德之間的關係。

羅霍洛克
在康沃爾地區,有一座高約20公尺的懸崖,被稱為「羅霍洛克」。據傳,這座懸崖頂部曾有一座已成廢墟的禮拜堂,該地點與崔斯坦被流放的教堂有關。此外,還有一個古老的傳說提到,崔斯坦曾為了逃離敵人,從教堂屋頂飛躍至懸崖,結果因此受傷,並留下了腳印在岩石上。

崔斯坦與伊索德曾經為了洗清不倫的嫌疑,想過多種策略與計謀。例如,伊索德在與馬克王的新婚之夜,將侍女布拉格維茵送去代替自己。

與崔斯坦結婚的白手伊索德

為了與馬克王的王妃伊索德作區別,布列塔尼公主伊索德因此被稱為「白手伊索德」。崔斯坦在接受治療的期間,被美麗且性格溫和的白手伊索德所吸引,最終二人成為夫妻。

無法忘懷留在康沃爾的伊索德,崔斯坦與白手伊索德成婚,初夜未發生肉體關係。

白手伊索德

● 崔斯坦與三位伊索德
在與崔斯坦相關的故事中,馬克王王妃伊索德與白手伊索德皆有登場,但據說王妃伊索德的母親也與她同名。這三位伊索德可與凱爾特文化中的三位女神相互對應,分別象徵不同的命運角色。母親伊索德負責賦予崔斯坦命運,王妃伊索德掌管編織命運,而白手伊索德則是斷絕其命運。

被馬克王逐出康沃爾，最終加入亞瑟王的圓桌騎士團

與白手伊索德共同生活的崔斯坦，收到來自馬克王王妃伊索德的信件。這封信字裡行間流露著對崔斯坦婚姻的悲傷心情，並以「請來宮庭見我一面」作結。崔斯坦遂啟程離開了布列塔尼，卻在途中遭遇暴風，被迫在北威爾斯的「危險之城」附近海岸擱淺。在此，他與圓桌騎士蘭馬洛克邂逅，並展開一場冒險，最終再次與伊索德相會。

可是，陪同崔斯坦啟程的妻子弟弟，給馬克王王妃伊索德送了情書傳達愛意。得知此事的崔斯坦震驚不已，遂悄然離開，最終被馬克王流放，開始了於康沃爾之外長達10年的流亡生活。崔斯坦後來前往亞瑟王的宮庭，在圓桌騎士的比武大會上嶄露頭角。之後，他受到蘭斯洛特的邀請，正式成為圓桌騎士，並與同僚帕羅米德斯建立了良好的競爭關係。

加入圓桌騎士團的招募

崔斯坦受蘭斯洛特邀請來到亞瑟王的宮庭，亞瑟王親自委託他成為圓桌騎士。當選騎士時，他看向圓桌上的座席，發現馬赫斯的空位上已經寫了「崔斯坦」的名字。

亞瑟王在《危險森林》中曾與崔斯坦相遇，包括高文和凱等圓桌騎士在內，也曾經與崔斯坦有過交手。

崔斯坦持沒有徽章的黑盾，以無名騎士之姿參與比武大會，憑藉驚人的戰技脫穎而出，甚至與亞瑟王交手。他的實力被認為僅次於蘭斯洛特。

騎士的授任儀式

君主在授予騎士資格時會用劍輕敲跪著騎士的肩膀。這一儀式稱為「授勳」，因其戲劇性的表現方式，中世紀的浪漫文學中常加以描寫，並廣為流傳。隨著騎士制度與基督教的結合，向神祈禱的「彌撒」也成為授任儀式的一部分。在《散文崔斯坦》中，描寫崔斯坦將雙手置於《聖經》上，發誓成為亞瑟王的騎士，向神立下誓言。

帕羅米德斯的活躍故事

崔斯坦的宿敵帕羅米德斯，在早期作品中被描繪為反派角色。因此，有他曾策劃殺害崔斯坦、試圖強奪伊索德等事件的描述。不過，隨著時代變遷，他逐漸被塑造成一位對女性忠誠有禮，武勇兼備的騎士，確立了作為崔斯坦勁敵的地位。帕羅米德斯還展開了尋找「嘶鳴獸」的冒險，並成為多部傳說中的重要人物之一。

嘶鳴獸
這是一種幻想野獸，擁有豹的身體、獅子的臀部、蛇的頭部和尾部，以及鹿的足部。其叫聲猶如數百隻獵犬齊聲怒吼，因此在古法語中被稱為「貝多格蘭堤桑」（嘶鳴之獸）。

- **《散文崔斯坦》**（⇒P123）
  帕羅米德斯的初登場作品。他尋找嘶鳴獸未果，並在尋找聖杯途中喪命。據說，最後是被珀西瓦里與加拉哈德捕獲。

- **《吉隆勒克魯托》**（別名「帕拉梅」）
  以亞瑟王之父烏瑟的治世為背景，講述崔斯坦父親世代的騎士活躍故事。帕拉梅德（帕羅米德斯）是其中一位主要角色。

與宿敵帕羅米德斯的關係

帕羅米德斯在伊索德仍是愛爾蘭公主時，便對她一見鍾情，並時常拜訪她。然而，突然出現的崔斯坦卻成功贏得伊索德的芳心。深深嫉妒的帕羅米德斯，因而屢次向崔斯坦發起決鬥。儘管兩人數次交鋒，彼此間卻也漸漸產生了友誼，不過他們始終是彼此的勁敵。

崔斯坦

改變信仰的帕羅米德斯
圓桌騎士團中唯一的伊斯蘭教徒，原本因嫉妒崔斯坦而與之敵對，後來卻逐漸產生敬意。最終，他承認崔斯坦的高潔，並在其手中受洗，皈依基督教。

與蘭斯洛特的友情

在武藝大會上擊敗了眾多騎士的崔斯坦，最終與蘭斯洛特對戰並負傷，隨後離開宮廷。作為大會的勝利者，蘭斯洛特對崔斯坦表示讚賞，並將他護送回亞瑟王的御前。就這樣，兩人作為同屬圓桌騎士的夥伴，彼此分擔著愛情的煩惱，並加深了友誼。

蘭斯洛特與崔斯坦早有往來，曾透過他人牽線而相識，並逐漸變得互相關心。最終，他們成為一生的摯友。在崔斯坦與伊索德被驅逐之後，他們便藏匿在蘭斯洛特的居城中受到庇護。

讓兩人死別的悲傷謊言

與白手伊索德共度婚姻生活的崔斯坦，某日因毒槍負傷。能治癒他的，只有馬克王王妃伊索德，於是他派遣使者前往請求救治。然而，王妃因對白手伊索德的妒忌心作祟，假裝不知情，使崔斯坦在絕望之中斷氣。後來趕到時，王妃伊索德見到心愛之人已逝，因無法承受這份打擊，也隨之撒手人寰。

據傳，馬克王將崔斯坦與伊索德合葬於同一座墳墓中。崔斯坦的墓上長出了葡萄藤，而伊索德的墓上則長出了玫瑰樹。這兩棵樹的枝條相互交纏，無法分離，象徵著超越死亡的永恆愛情。

關於崔斯坦與伊索德悲戀的兩種結局

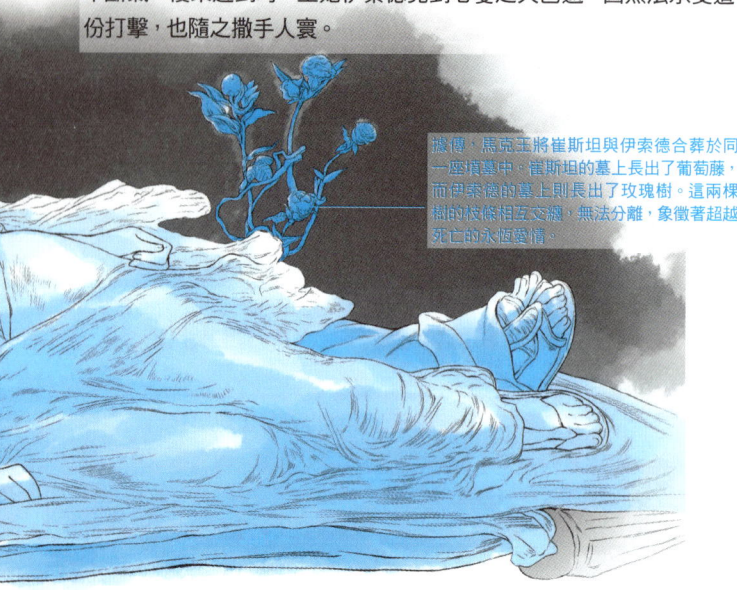

當馬克王得知崔斯坦建立功勳時，他決意要將崔斯坦除掉。於是，他啟程前往英格蘭，但途中遇見了圓桌騎士，馬克王的陰謀因此敗露，被帶往亞瑟王宮廷，並被警告不得再加害崔斯坦。

不過，回到家鄉後，馬克王卻背信棄義，將崔斯坦監禁於牢房之中。但崔斯坦成功從牢房脫逃，並與王妃伊索德一同逃離康沃爾。

離開康沃爾後，崔斯坦來到蘭斯洛特的居城「喜悅之城」，受邀在那裡展開充滿愛意的生活。

馬洛禮的《亞瑟王之死》所記載的內容至此為止，但在其他作品中，則留下了兩種不同的結局。一種版本認為馬克王最終襲擊了崔斯坦，另一種則認為崔斯坦因一場由謊言所引發的誤會而死去，伊索德也隨之殉情。

馬克王的背後襲擊

在將馬克王描寫為反派的作品中，與馬克王和解的崔斯坦，當他為伊索德彈奏豎琴時，卻遭到馬克王從背後襲擊而喪命。

因白手伊索德的謊言而引發誤會，導致崔斯坦與王妃伊索德雙雙身亡，在早期作品群中較為常見。這段情節不僅被華格納的歌劇採用，還影響了莎士比亞的《羅密歐與茱麗葉》。

在屬於「通俗文學系」的艾爾哈特（Eilhart von Oberg）作品（⇒P122）中，崔斯坦與伊索德的亡骸因馬克王聽信讒言而被並排埋葬。

《迪爾姆德與格蘿妮婭的逃亡》之關聯

在芬恩物語群（⇒P13）中，英雄芬恩·麥克庫爾的妻子格蘿妮婭（Grainne）向效忠於芬恩的勇者迪爾姆德（Diarmuid）懇求「若不將我帶走，我將會毀滅」，並施展類似魔法的「禁忌之力」，最終被迫私奔的傳說廣為流傳。這段《迪爾姆德與格蘿妮婭的逃亡》故事，不僅描繪了騎士與君主之妻的愛情私奔，還涉及禁忌與愛情靈藥的要素，由此可看出其與崔斯坦與伊索德的悲劇愛情故事之間的關聯。

芬恩·麥克庫爾
芬恩物語群的主人公，為芬恩騎士團的領袖。坐擁睿智，能夠透過吸大拇指預知未來，並與亞瑟王傳說有深厚關聯。

◆ 關於了解 崔斯坦 的相關資料 ◆

崔斯坦與伊索德的悲戀，在歐洲是廣受歡迎的故事。
最初，它是與「亞瑟王傳說」獨立發展的傳說，
但後來逐漸被納入其中。

── 最古老的「通俗文學系」作品 ──
✝ 崔斯坦傳說
Roman de Tristan

製作年分：約1165年
作者：貝洛爾（Beroul，12世紀）
語言：古法語
登場人物：崔斯坦／伊索德　等
日譯書籍：《法蘭西斯中世文學集1》所收《崔斯坦傳說》（新倉俊一譯／白水社）

解說：崔斯坦傳說講述崔斯坦與伊索德因誤飲愛情靈藥而墜入愛河，即便伊索德已是馬克王的未婚妻子。關於愛情靈藥的影響，作品可大致分為兩個系統。本作屬於「通俗文學系」，其特徵在於愛情靈藥的效力有時間限制，當藥效過去，兩人便被悔恨與痛苦所折磨。本書僅存於法國立圖書館的一份殘存寫本，內容不完整，記述內容矛盾，因此也曾有人懷疑其作者身分。

── 最早的「宮廷文學系」作品 ──
✝ 崔斯坦傳說
Roman de Tristan

製作年分：約1170～76年
作者：托馬（12世紀）
語言：古法語
登場人物：崔斯坦／伊索德　等
日譯書籍：《法蘭西斯中世文學集1》所收《崔斯坦傳說》（新倉俊一譯／白水社）

解說：本作屬於「宮廷文學系」的代表作，與「通俗文學系」不同的是，愛情靈藥的作用並非讓兩人墜入愛河，而是鞏固彼此間原本就存在的相思相愛關係。因此，故事從一開始便將兩人的關係描寫為命中註定的愛戀。雖然現存寫本僅存殘破片段，但因托馬的《崔斯坦傳說》被多部後世作品採納改編，因此仍能透過這些作品來推測與重建缺失的部分。

── 最早印刷書的德文版 ──
✝ 崔斯坦與伊索德
Tristrant und Isalde

製作年分：約1170～1190年
作者：艾爾哈特・馮・奧貝爾（12世紀）
語言：中古高地德語
登場人物：崔斯坦／伊索德　等
日譯書籍：《崔斯坦與伊索德》（小竹澄榮譯／圖書刊行會）

解說：本作作為貝洛爾的《崔斯坦傳說》的德語翻譯版本，後來的德語版《崔斯坦傳說》則以此為基礎發展而來，並成為最早的印刷版本。在德國，這部作品被作為娛樂小說，受到廣大庶民階級的歡迎，甚至比哥特弗里德的《崔斯坦與伊索德》更為流行。

122

─── 崔斯坦最初成為圓桌騎士的作品 ───

✟ 散文崔斯坦
Tristan en prose

製作年分：約1240～50年
作者：利斯・德・爾伽與耶里・多・伯隆（13世紀）
語言：古法語
登場人物：崔斯坦／伊索德／亞瑟王／帕羅米德斯／蘭馬洛克 等
日譯書籍：無

解說：崔斯坦雖因是圓桌騎士之一而享富盛名，但是最初的故事卻與亞瑟王傳說毫無關聯。然而，自《散文崔斯坦》開始，崔斯坦的故事被納入亞瑟王傳說的體系之中。本作亦是帕羅米德斯與高文之宿敵蘭馬洛克首次登場的作品。馬洛禮在《亞瑟王之死》中對崔斯坦的描寫，便是以《散文崔斯坦》為藍本。

故事摘要：崔斯坦與伊索德因誤飲愛情靈藥而墜入愛河，其主要情節與傳統版本相同。然而，本作將崔斯坦的養父馬克王描寫為反派。流亡中的崔斯坦隱藏身分，投奔布列塔尼的宮庭，並與國王之女結婚。之後，他加入尋找聖杯之旅，最終卻在彈奏豎琴給伊索德聆聽之際，被馬克王從背後襲擊致死。

─── 雖未完成卻是「崔斯坦傳說」的最佳傑作 ───

✟ 崔斯坦與伊索德
Roman de Tristan

製作年分：約1210年
作者：戈特弗里德・馮・施特拉斯堡（Gottfried von Straßburg）（約1170～1210年）
語言：中古高地德語
登場人物：崔斯坦／伊索德／馬克王／馬赫斯／白手伊索德 等
日譯書籍：《崔斯坦與伊索德》（石川敬三譯／郁文堂）

解說：在眾多崔斯坦故事中，本作奠定了現代流傳版本的基礎。其情節延續自托馬的《崔斯坦傳說》，但未完成，後來由13世紀的兩位詩人續寫。18世紀時，手稿的發現促使本作在浪漫主義時期重新受到關注，並確立其作為悲劇故事的地位。此作品亦成為華格納歌劇《崔斯坦與伊索德》（1865年）的原型典故。

故事摘要：崔斯坦自幼失去雙親，由父親的家臣撫養長大，然而最終仍被誘拐至馬克（馬爾克）王的領地康沃爾。當馬克王確認他是自己的親外甥後，對他深加寵愛。然而，崔斯坦卻與王后伊索德墜入愛河，最終被驅逐出宮廷。此後，他遇見了一位與王后同名的女子──白手伊索德，即便如此，他依舊無法忘懷王后伊索德。

123

◆英雄的陪襯────關於龍的角色◆

擁有巨大爬蟲類身軀、蝙蝠般雙翼等特徵的龍，在「亞瑟王傳說」中經常擔任英雄的陪襯角色。崔斯坦、蘭斯洛特、伊凡等騎士都有討伐過巨龍的事蹟。擊敗惡龍的英雄，往往被授予「屠龍者」的稱號，並被視為驅除邪惡的象徵。

然而，這樣的傳統深受基督教文化的影響。在基督教世界觀中，龍象徵著異教，而屠龍的英雄則象徵基督教徒征服異教信仰的勝利。因此，這樣的敘事模式，讓西方世界普遍將龍視為應當被驅逐、剷除的邪惡怪物。

在古代信仰中，龍象徵著人類無法掌控的自然力量。據說，龍是能噴吐火焰，亦能召喚雷雨的。龍被描繪為操控自然之存在的原因。在中世紀的文獻中，也有將龍解釋為積蓄空中的乾燥蒸氣的記載。而亞洲的龍，一方面被視為畏懼的存在，另一方面則被認為是賜予人類恩惠的「龍神」。

在亞瑟王傳說中，有記載出魔法師梅林擁有操控龍的能力。根據13世紀法國作品《亞瑟王的最初武勳》，梅林作為亞瑟王軍隊的先鋒所駕駛的馬車，其篷頂被塑造成會噴火的龍形。由此推測，梅林可能曾馴服過龍。

此外，在沃提岡所建之塔地下，據說棲息著紅龍與白龍（⇨P23）。這一傳說或許也正是因為他對龍的祕密有著深厚的了解。

根據凱爾特文化圈的傳承，龍被視為變幻自如的神祇所呈現的一種形態。雖然源於歐洲的龍並不像亞洲的龍那樣具有明確的正面象徵，但它們也未必如基督教敘述中那般被視為極端邪惡的存在。

在妖精摩歌絲（摩根勒菲）創造的「不歸之谷」中，蘭斯洛特擊敗兩條龍的場景。摘自法國國家圖書館的抄本插圖。

124

> 現代以「亞瑟王傳說」為題材的作品於全球被廣為創作，特別是在日本，主要以動畫、遊戲等媒介蓬勃發展。

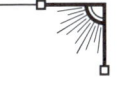

奠定奇幻文學基礎的傳奇，現代仍然流傳的亞瑟王傳說

● 成為騎士典範的亞瑟王
「亞瑟王傳說」中騎士們的精神，成為19世紀初騎士們的典範。騎士所展現出的強烈忠誠與高尚氣節，使人們對亞瑟王的世界嚮往不已。

直到1634年為止，馬洛禮的《亞瑟王之死》曾多次再版，但之後亞瑟王便逐漸淡出人們的關注視野。然而，約兩個世紀後的1816年，馬洛禮的《亞瑟王之死》再次再版，亞瑟王的傳說重新受到矚目，並逐漸成為歌劇等多種領域的題材。這種趨勢奠定了「亞瑟王傳說」作為重要母題的基礎，並影響了J·R·R·托爾金的《魔戒》、C·S·路易斯的《納尼亞傳奇》等奇幻小說作品。

這是一部講述少年得知自己高貴的出身，並與夥伴共同成長的英雄物語。故事中不僅包含魔法師、龍、妖精等超自然存在，以及騎士與王妃的浪漫愛情，囊括了奇幻作品的一切要素。「亞瑟王傳說」與聖經及神話並列，成為歐美文化的根基之一。

華格納的歌劇

德國歌劇作曲家華格納。以亞瑟王為題材的華格納歌劇共有3部，成為現代亞瑟王音樂的基礎。

華格納（1813～83年）
19世紀的德國作曲家，創作了許多以日耳曼神話與敘事詩為題材的作品。

《珀西瓦里》第三幕的舞台美術場景，1882年首演時廣受讚譽。

- 《羅恩格林》（1848年完成）
  華格納作品中，以亞瑟王為題材的首部歌劇。以珀西瓦里的兒子羅恩格林（⇒P77）為主角的聖杯傳說劇。

- 《崔斯坦與伊索德》（1859年完成）
  廣泛運用半音階，營造出不穩定的調性，巧妙的表現了主角二人內心的糾葛。這部作品以其音樂上的突破性作品而聞名，對後世作品影響深遠。

- 《帕爾齊法爾》（1882年完成）
  華格納最後完成的歌劇，講述珀西瓦里從邪惡的苦難中拯救人心，取回聖杯的故事。「帕爾齊法爾」即珀西瓦里的德語名。

19世紀，當馬洛禮的《亞瑟王之死》再次受到矚目時，德國作曲家華格納以《羅恩格林》為首，接連發表以亞瑟王世界人物為主題的歌劇。隨著近代文化的發展，以及當時對中古時代的興趣升溫，「亞瑟王傳說」也因此被廣泛傳播，變得更為人所知。

與此同時，丁尼生編纂了一部名為《國王敘事詩》（Idylls of the King）的亞瑟王相關詩集。這部作品作為英語教材，在明治時期的日本深受文豪們喜愛。他筆下描繪一位因錯愛而悲劇收場的女子《夏洛特姑娘》（The Lady of Shalott），自坪內逍遙翻譯以來，便廣受歡迎。夏目漱石也對這部作品及馬洛禮的《亞瑟王之死》深感興趣，並從中獲得靈感，創作了小說《薤露行》。

此外，騎士的存在與精神也被與「武士道」聯繫起來進行解讀，其中小泉八雲的貢獻尤為顯著，使這種觀點在日本得以推廣。馬洛禮《亞瑟王之死》的日文譯本也逐步普及，吸引了無數日本讀者的關注。就這樣，亞瑟王在遊戲與漫畫等次文化領域中逐漸占有一席之地。

126

伊莉莎白女王的合作

以「亞瑟王傳說」為題材的作品《仙后》（The Faerie Queene），據說是獻給當時的英格蘭女王伊莉莎白一世的文學作品。在該作品中，妖精國女王格洛里安娜（Gloriana），即象徵著伊莉莎白一世本人。

《仙后》
此為16世紀英國詩人愛德蒙·史賓塞（Edmund Spenser）所創作的長篇敘事詩，描述騎士們奉女王之命踏上冒險旅程的故事。故事中亦出現亞瑟王年輕時的身影。

丁尼生的詩選

丁尼生曾創作《國王敘事詩》與《夏洛特姑娘》，他也為「亞瑟王傳說」的再度流行做出了貢獻。不論是哪部作品，丁尼生的詩作都反映了他所處時代的風貌。日本明治時期的文豪們對其作品情有獨鍾，留下了許多譯作。

● **《夏洛特姑娘》**（1832年）
一位被詛咒而無法直視外界的少女夏洛特公主（伊萊恩）深深愛上了蘭斯洛特，這是一則悲劇故事。該詩首度發表於坪內逍遙的日譯作品《夏洛特姑娘》中。

● **《國王敘事詩》**（1834～85年）
以亞瑟王的即位與婚姻為主題的詩作。該詩以馬洛禮的《亞瑟王之死》及中世紀威爾斯神話集《馬比諾吉昂》為基礎，共由12個故事詩所構成。

丁尼生（1809～92年）
獲得英國王室賦予的「桂冠詩人」稱號，是維多利亞時代的重要詩人。丁尼生的詩作在明治時期的日本經常被用作英語教材。

文豪筆下的翻譯與小說

明治時期的文豪翻譯了各種作品，使「亞瑟王傳說」在日本文學中正式亮相。透過這些作品，我們可以了解當時日本人如何認識亞瑟王與騎士，以及他們對西洋文化的理解。其中，角色改編為日本風格的插圖更是一大看點。

● **《薤露行》**（1905年）
受丁尼生《夏洛特姑娘》影響，由夏目漱石創作的短篇小說。該作以亞瑟王傳說為題材，可視為日本首部相關小說。全篇共5章，包括〈夢〉、〈鏡〉、〈袖〉、〈罪〉、〈舟〉，描寫了三位愛慕蘭斯洛特的女性的故事。

◆ 想更深入了解「亞瑟王傳說」◆

即使在現代，亞瑟王傳說依然深受人們喜愛。
這部傳說在電影、動畫、書籍等各種媒體中持續發展，
本節將介紹其中最具代表性的作品。

MOVIE
✝ 圓桌武士
Knights of the Round Table

製作年分：1953 年
導演：理查・索普（Richard Thorpe）
解說：這是眾多亞瑟王電影中較早期的作品，堪稱經典之作。其戰鬥場面極具震撼力，且未依賴CG技術。影片以馬洛禮的《亞瑟王之死》為基礎，忠實描繪了蘭斯洛特與桂妮薇爾之間的愛情。如果想透過電影體驗「亞瑟王傳說」，這部作品是首推之選。

MUSICAL
✝ 卡美洛
Camelot

製作年分：1960 年
導演：莫斯・哈特（Moss Hart）
解說：本作改編自特倫斯・韓伯瑞・懷特的《永恆之王：亞瑟王傳奇》，是一部百老匯音樂劇，後來被拍成電影。這是亞瑟王音樂作品中最受歡迎的一部。此外，當時的美國總統約翰・甘迺迪也對這部作品十分喜愛，因此甘迺迪政府時期也曾被稱為「卡美洛時代」。

ANIMATION
✝ 石中劍
The Sword in the Stone

製作年分：1963 年
製作：華特迪士尼動畫工作室
解說：本作改編自特倫斯・韓伯瑞・懷特的小說《永恆之王：亞瑟王傳奇》的第一部《石中劍》。故事講述了少年華提與魔法師梅林相遇，最終拔出聖劍的過程。這是以「亞瑟王傳說」為題材的動畫作品中最為知名的代表作。

MOVIE
✝ 武士蘭斯洛特
Lancelot du Lac

製作年分：1974 年
導演：羅伯特・布列松（Robert Bresson）
解說：本片以桂妮薇爾與蘭斯洛特的禁忌之戀為主題，描繪了騎士精神崩壞的歷史劇。雖然故事基於湯瑪斯・馬洛禮的《亞瑟王之死》，但本片以獨特的攝影風格為特色。該片於1974年第27屆坎城影展中獲得國際影評人聯盟獎，並於 2022年3月在日本劇場公開上映。

MOVIE
✝ 聖杯傳奇
Monty Python and the Holy Grail

製作年分：1975 年
導演：泰瑞・吉連（Terry Gilliam）和泰瑞・瓊斯（Terry Jones）
解說：在眾多以「亞瑟王傳說」為題材的電影中，本作可說是一部異色之作。由英國喜劇團體「蒙提・派森」（Monty Python）製作，本片是一部對「亞瑟王傳說」的惡搞喜劇。雖然製作預算不高，但運用了誇張的滑稽戲法、荒謬劇風格，以及黑色幽默，因此獲得極高的評價。

MOVIE
✝ 聖杯傳說
Perceval le Gallois

製作年分：1978年
導演：艾力·侯麥（Éric Rohmer）
解說：本作改編自12世紀克雷蒂安·德·特魯瓦所著的《佩爾斯瓦爾或聖杯的故事》，是一部騎士物語。故事講述來自威爾斯的純真騎士珀西瓦里（帕西維爾），在經歷重重困難後逐步成長為強大的騎士。然而，他因忘卻了對神的信仰而在5年間徘徊不前，最終深感懊悔，決心重新開始。

ANIMATION
✝ 圓桌武士傳奇之戰鬥吧！亞瑟系列

製作年分：1979年
導演：東映動畫
解說：本作是日本首部以「亞瑟王傳說」為題材的動畫作品。自本作問世以來，亞瑟王相關作品開始陸續登場，成為向日本觀眾傳播「亞瑟王傳說」的重要契機。此外，本作也是眾多借用「亞瑟王傳說」角色與背景設定的日本動畫作品中，唯一一部忠於「亞瑟王傳說」故事脈絡發展的作品。

MOVIE
✝ 神劍
Excalibur

製作年分：1981年
導演：約翰·鮑曼（John Boorman）
解說：本片改編自湯瑪斯·馬洛禮的《亞瑟王之死》，對現代「亞瑟王傳說」的形象產生了深遠影響，並涵蓋了「亞瑟王傳說」中多個重要的經典橋段。可以說，當人們提到亞瑟王時，腦海中浮現的畫面，多半來自這部電影。此外，理查·華格納與卡爾·奧福的音樂《華格納——女武神的騎行》亦讓人深刻印象。

BOOK
✝ 崔斯坦與伊索德物語

製作年分：11985年（岩波書店）
作者：約瑟夫·貝迪
譯者：佐藤輝夫
解說：崔斯坦與伊索德因誤飲愛情靈藥而陷入無法解開的愛戀，最終成為永恆的悲戀情侶。本作對西歐人民的戀愛觀產生了深遠影響，並成為改編此傳說的代表性作品之一。此書為1953年發行版本的改訂版，在日本廣為流傳且極受歡迎，被譽為入門崔斯坦傳說的最佳讀本之一。

MOVIE
✝ 印第安納瓊斯系列之聖戰奇兵
Indiana Jones and the Last Crusade

製作年分：1989年
導演：史蒂芬·史匹柏
解說：印第安納瓊斯系列的第三部作品，其中登場的「聖杯」即取材自「亞瑟王傳說」。本片以納粹試圖奪取聖杯的神祕傳說為主軸，營造出濃厚的神祕學氛圍，並以印第安納瓊斯與軍方的激烈爭奪戰為核心展開動作冒險。憑藉刺激的劇情與豐富的娛樂性，本片在商業上取得了巨大成功，成為極具代表性的冒險電影之一。

MOVIE
✝ 第一武士
First Knight

製作年分：1995年
導演：傑瑞·查克（Jerry Zucker）
解說：本片部分借鑒了《亞瑟王傳說》的設定與世界觀，但在故事的發展上則有所改編。以蘭斯洛特與桂妮薇爾的禁忌之戀為主軸，捨棄了「亞瑟王傳說」中較具象徵意義的傳奇橋段。除了部分角色與若干情節取材自「亞瑟王傳說」外，本片整體而言仍屬於獨立作品，與經典的「亞瑟王傳說」有所區隔。

BOOK
✝聖亞瑟王傳說
The Legends of King Arthur and His Knights

製作年分：2000年（偕成社）
作者：詹姆斯・諾爾斯（James Knowles）
翻譯：金原瑞人

解說：本書以馬洛禮的《亞瑟王之死》為基礎，挑選了主要的故事情節加以整理，編寫成適合兒童閱讀的版本。書中刪減了一些支線情節，使故事更為精簡流暢，並淡化浪漫愛情元素，搭配簡潔易懂的文字，使讀者能夠輕鬆理解內容。對於初次接觸「亞瑟王傳說」的人來說，這是一本極為合適的入門書籍。

BOOK
✝亞瑟王與圓桌騎士及其他兩部作品

製作年分：2001年（原書房）
作者：羅斯瑪麗・薩特克里夫（Rosemary Sutcliff）
翻譯：山本史郎

解說：知名故事作家薩特克里夫以馬洛禮的《亞瑟王之死》為基礎，加入自身的詮釋與敘事風格，重新改寫的版本。這部作品被譽為現代最具代表性的「亞瑟王傳說」之一。除了《亞瑟王與圓桌騎士》，她還完成了《亞瑟王與聖杯傳說》與描寫莫德雷德叛亂的《亞瑟王最後的戰鬥》，共計三部曲。這套書於2023年發行了普及版，使讀者能夠更容易接觸這部經典作品。

BOOK
✝亞瑟王之死Ⅰ～Ⅴ

製作年分：2004〜2007年（筑摩書房）
作者：湯瑪斯・馬洛禮
翻譯：井村君江

解說：本書為馬洛禮的《亞瑟王之死》全21卷的整理系列，分為5冊出版。第一冊從亞瑟王的誕生到婚姻，以及圓桌騎士團的成立。第二冊描寫崔斯坦的生、與伊索德的愛情、與蘭斯洛特的忠誠與友誼。第三冊關於特里斯坦與伊索德的愛情逃亡，以及摩根勒菲的奸計。第四冊以尋找聖杯探求為中心的冒險。第五冊記述亞瑟王的最終結局。

MOVIE
✝亞瑟王
King Arthur

製作年分：2004年
作者：安東尼・法奎（Antoine Fuqua）

解說：本片以英國被稱為「不列顛」並受羅馬帝國統治的時代為背景，採用近年較流行的歷史假設，將亞瑟王的原型設定為實際存在的羅馬軍團長「盧修斯阿托留斯卡斯提烏斯」。故事中的亞瑟被描寫為羅馬帝國指派的薩克遜軍騎士團指揮官，並融入新的歷史解釋，使其成為一部富有創新視角的史詩電影。

MOVIE
✝崔斯坦與伊索德
Tristan & Isolde

製作年分：2006年
導演：凱文・雷諾（Kevin Reynolds）

解說：本片改編自「亞瑟王傳說」中屈指可數的人氣愛情悲劇，將崔斯坦與伊索德的淒美愛戀搬上大銀幕。

BOOK
✝ 亞瑟王的世界系列

製作年分：2016年～（靜山社）
作者：齋藤洋

解說：本系列以全新的視角詮釋「亞瑟王傳說」，為現代讀者帶來充滿奇幻與冒險色彩的橋段式敘事。齋藤洋透過流暢易讀的日語表達，忠實改寫原作內容，使其成為適合兒童閱讀的文學作品，同時亦能讓成人樂在其中。目前已出版7集。

MOVIE
✝ 亞瑟：王者之劍
King Arthur: Legend of the Sword

製作年分：2017年
導演：蓋・瑞奇（Guy Ritchie）

解說：本片以「亞瑟王傳說」為靈感，是一部劍術動作電影。故事講述亞瑟年幼時父母遭到殺害，他作為王族後裔卻在斯拉姆區成長。在得知自己的身世後，他迎戰奪取父親王位的暴君沃蒂根，展開宿命般的戰鬥。本片透過CG技術與獨特的攝影手法，呈現出極具動態感與臨場感的視覺效果。

BOOK
✝ 金色的傳承神話：亞瑟王的皇妹

製作年分：2017年～（白泉社）
作者：山田南平

解說：故事講述三名現代日本高中生於英國修學旅行期間，意外穿越至古不列顛。在那裡，與主角長得極為相似的少年亞瑟，竟被賦予一項關乎生死的重要使命。本作以「亞瑟王傳說」為主題創作漫畫，梅林與蘭斯洛特等角色亦登場。此外，故事特別著墨於亞瑟王的親族，以及高文的英勇事蹟。目前已出版7集。

BOOK
✝ 威爾斯語原典譯之馬比諾吉昂

製作年分：2019年（原書房）
編譯：森野聰子

解說：本書為中世紀威爾斯神話與傳承故事的文獻《馬比諾吉昂》之威爾斯語原典譯本。《馬比諾吉昂》包含多則亞瑟王相關的逸話，然而其內容根源於凱爾特文化的信仰與神話，因此與我們熟知的「亞瑟王傳說」有所不同，是本書的一大特色。

BOOK
✝ 高文爵士與綠騎士
Sir Gawain and the Green Knight

製作年分：2019年（原書房）
作者：J.R.R.托爾金
翻譯：山本史郎

解說：本書為《哈比人》、《魔戒》作者，同時亦為知名語言學家的托爾金，基於自身獨特見解所譯出的作品。除了主題詩作外，亦收錄《珍珠》、《奧菲歐爵士》等作。本書原於2003年出版，此版本為2022年發行之普及版。

MOVIE
✝ 綠騎士
The Green Knight

製作年分：2021年
導演：大衛・羅利（David Lowery）

解說：本片改編自《高文爵士與綠騎士》，為一部黑暗奇幻作品。亞瑟王的姪子高文並未正式獲封騎士，而是過著懶散的日子。某日，綠騎士突然現身，向他發出挑戰，高文遂砍下對方的頭顱。豈料，綠騎士拾起自己的頭，並約定一年後再會。為了兌現承諾，高文啟程前往尋找綠騎士，踏上命運的旅程。

◆「亞瑟王傳說」相關年表◆

※關於「亞瑟王傳說」相關資料，其中許多文獻的成立年代不明，此處所標示之年代僅供參考。

套色字：亞瑟王的事蹟

年代	亞瑟王傳說相關事項	世界大事紀
約前3000年	英格蘭南部建立巨石陣	前2000年左右，印歐語系民族的大遷徙
約前500年	古代凱爾特人居住於中歐	前509年左右，羅馬共和國成立
約前100年	高盧（法國）形成多個凱爾特部落	前334年左右，亞歷山大大帝東征（至前324年）
約前40年	德魯伊衰退。羅馬文化的同化進行中	前200年左右，羅馬軍開始征服高盧地區
122年	羅馬軍隊侵攻不列顛尼亞	30年左右，耶穌基督被處死
約400年	哈德良長城建設完成	392年左右，基督教成為羅馬帝國的國教
410年	不列顛人移居布列塔尼	395年左右，羅馬國分裂為東西兩部分
約516年	羅馬結束統治不列顛	建立拜占庭（東羅馬）帝國（至1453年）
約537年	巴頓山戰役（根據《坎布里亞編年史》記載）	481年，法蘭克王國成立（至843年）
約542年	劍欄之戰（根據《坎布里亞編年史》記載）	493年，東哥特王國成立（至553年）
約829～30年	亞瑟王去世（根據《不列顛尼亞列王史》記載）	800年，查理大帝加冕（至814年）
954年以後	傳說中的內尼厄斯《不列顛人的歷史》	911年，諾曼第公國成立
1067年	《坎布里亞編年史》	962年，神聖羅馬帝國成立
約1100年	建造溫徹斯特城	1096年左右，〈羅蘭之歌〉誕生
約1138年	蒙茅斯的傑佛瑞《不列顛尼亞列王史》	1100年左右，第一次十字軍東征（至1099年）
約1150年	蒙茅斯的傑佛瑞《梅林的一生》	1154年，英格蘭金雀花王朝成立（至1399年）
約1155年	韋斯《不列顛的故事》	1163年，巴黎聖母院開始建設（至1345年）
約1165年	貝洛爾《崔斯坦傳說》	1167年，英國牛津大學成立
約1170年	克雷蒂安・德・特魯瓦《艾雷克與艾尼德》	
約1170～76年	艾爾哈特・馮・奧貝爾《崔斯特蘭與伊索德》	
約1177年	托馬《崔斯坦傳說》	
約1177～81年	建造埃姆斯伯里修道院 克雷蒂安・德・特魯瓦《蘭斯洛特或馬車騎士》 克雷蒂安・德・特魯瓦《伊凡或與獅同行的騎士》	

132

「亞瑟王傳說」成立期

年代	事件	年代	事件
約1181年	克雷蒂安・德・特魯瓦《珀西瓦里或聖杯故事》	1189年，第三次十字軍（至1192年）	
約1190～1195年	格拉斯頓伯里修道院發現亞瑟王之墓	1190年，條頓騎士團成立	
約1200年	烏爾里希・馮・薩茨維克霍亨《蘭斯洛特》		
約1200年	羅伯特・德・布倫《聖杯起源傳說》	1202年，第四次十字軍	
約1210年	羅伯特・德・布倫《梅爾朗》	1204年左右，《尼貝龍根之歌》	
約1220年	戈特弗里德・馮・施特拉斯堡《崔斯坦與伊索德》		
約1225年	沃爾夫拉姆・馮・埃申巴赫《珀西瓦里》	1284年，英格蘭併吞威爾斯	
約1230年	《尋找聖杯》		
約1230年	《亞瑟王之死》	1339年，英法百年戰爭（至1453年）	
約1233年	《蘭斯洛本傳》		
約1240～50年	廷塔基爾城堡建設	1387～1400年左右，《坎特伯里故事集》	
約1390年	《散文崔斯坦》		
約1400年	《頭韻詩亞瑟之死》	1455年，玫瑰戰爭（至1485年）	
約1400年	《詩節形式亞瑟之死》		
約1400年	《高文與綠騎士》	1485年，英格蘭都鐸王朝建立	
1469～70年	湯瑪斯・馬洛禮《亞瑟王之死》		
1485年	湯瑪斯・馬洛禮《亞瑟王之死》由威廉・卡克斯頓印刷出版	1558年，伊麗莎白一世即位（至1603年）	
約1600年	史賓塞《仙后》	1804年，拿破崙稱帝（至1815年）	
1816年	丁尼生《夏洛特姑娘》（改訂版1842年）	1806年，神聖羅馬帝國滅亡	
1832年	丁尼生《國王敘事詩》	1848年，法國二月革命	
1834～85年	丁尼生《羅恩格林》	1853年，克里米亞戰爭（至1856年）	
1842年	華格納《羅恩格林》	1871年，德意志帝國成立（至1918年）	
1859年	華格納《崔斯坦與伊索德》	1882年，三國同盟締結	
1882年	華格納《珀西瓦里》	1889年，艾菲爾鐵塔落成	
1896年	坪內逍遙《夏洛特公主》	1904年，日俄戰爭（至1905年）	
1905年	夏目漱石《薤露行》		

133

◆ 登場人物介紹 ◆

✝ 亞瑟王

King Arthur

DATA
- 出身地：英國
- 別名：阿爾圖雷、阿爾托烏斯、阿爾修拉 等
- 武器：聖劍「埃克斯卡利伯」、倫之槍

圓桌騎士

亞瑟王被認為活躍於6世紀，是一位擊退入侵不列顛島異族的傳奇君主。他是不列顛國王烏瑟・潘德拉貢與敵國康沃爾公爵之妻伊格萊恩所生，幼時由騎士埃克特撫養長大，後來拔出聖劍「埃克斯卡利伯」，正式繼承王位。

即位後，在魔法師梅林的輔佐下，率領圓桌騎士團，建立輝煌的王國。然而，由於圓桌騎士蘭斯洛特與王妃桂妮薇爾的不倫戀情，王國逐漸走向崩壞。此外，在亞瑟王出征與蘭斯洛特交戰時，私生子莫德雷德趁機發動叛亂，亞瑟王在戰鬥中雖然擊敗莫德雷德，卻也身受致命重傷。據傳，亞瑟王在戰後被送往修道院安葬，或者前往傳說中的阿瓦隆島療傷，等待有朝一日回歸不列顛。

✝ 埃克斯卡利伯

Excalibur

DATA 別名：卡利布爾努斯、艾斯卡利波爾

這是只有真正的國王才能拔出的聖劍。亞瑟王因自幼由騎士埃克特撫養，並不知曉自己的王族血統。不過，當他成功拔出聖劍「埃克斯卡利伯」時，證明了他是烏瑟王的合法繼承人，因此被加冕為王。在湯瑪斯・馬洛禮的《亞瑟王之死》中，這把劍曾經折斷，後來亞瑟王由湖中貴婦處獲得了第二把聖劍。

134

✝ 梅林

Merlin

DATA
- 出身地：英國（威爾斯）
- 別名：梅爾朗、默丁、馬爾金
- 能力：魔術、預言、變身

梅林是亞瑟王傳說中至關重要的魔法師，被認為是人類與夢魔之子，同時也是亞瑟王的忠實顧問。他曾預言莫德雷德的誕生、桂妮薇爾的不忠，以及圓桌騎士團的瓦解等大事件，雖然亞瑟王竭力避免，但最終無人能逃離他的預言。由於這種神祕的能力，梅林被認為承襲了古代凱爾特祭司德魯伊的特質，是王權的宗教守護者。

但是，梅林的多情本性也讓他陷入困境。他在夢中愛上湖中貴婦，將魔法悉數傳授給她，最終卻被自己教導的貴婦困在岩石下的洞穴內，再也無法離開。此外，《梅林的一生》亦有梅林在晚年隱居於邊境的森林中，與野獸為伴，度過餘生的描述。

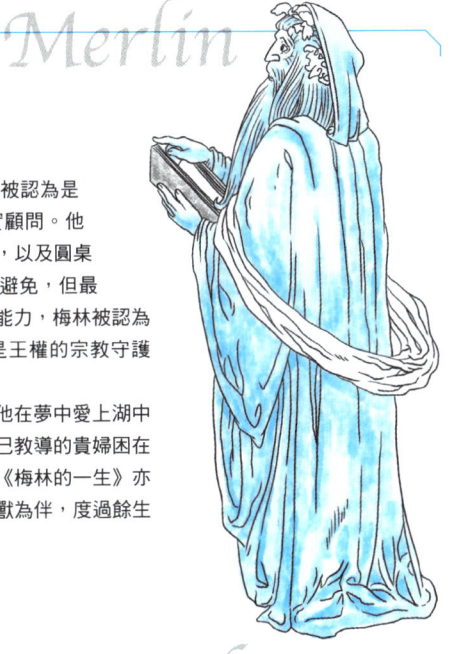

✝ 摩根勒菲

Morgan le Fay

DATA
- 出身地：英國
- 別名：摩根勒菲、摩歌絲、法塔‧摩根娜
- 被視為相同人物：摩歌絲、湖中貴婦

摩根勒菲是亞瑟王的同母異父姊姊。在湯瑪斯‧馬洛禮的《亞瑟王之死》中，她被塑造成憎惡亞瑟王的魔女，為阻礙亞瑟的人物。傳說中，湖中貴婦所贈與的聖劍「埃克斯卡利伯」之鞘能賦予持有者不死之身，但由於摩根勒菲盜走劍鞘，導致亞瑟王最終失去這股力量。這一事件成為亞瑟王悲劇的重要伏筆。此外，摩根勒菲也是引領垂死的亞瑟王前往阿瓦隆的女性，她的神祕形象時常與湖中貴婦混淆。

有時，摩根勒菲與亞瑟王的另一位同母異父姊妹摩歌絲被視為同一人。摩歌絲與亞瑟王生下私生子莫德雷德，而在部分傳說版本中，摩根勒菲也被視為莫德雷德之母。這個私生子最終在劍欄之戰中發動叛亂，導致亞瑟王戰死，成為亞瑟王傳說中的最大悲劇之一。

✝ 高文　*Gawain*

> **DATA**
> 出身地：英國（蘇格蘭奧克尼群島）
> 別名：戈萬、加瓦恩、格魯馬伊　等
> 武器：愛劍迦倫提恩
>
> 圓桌騎士

高文是奧克尼國王與亞瑟王同母異父姊摩歌絲所生的長子，他是亞瑟王的忠臣，並且直到最後都忠心耿耿。在與蘭斯洛特交戰後，高文受傷，但在與莫德雷德叛軍的戰鬥中，舊傷復發，最終傷重不治。自13世紀的法語文獻以來，高文時常被塑造成蘭斯洛特的競爭對手，甚至變為反派，但在更早期的傳說中，他被視為騎士精神的典範，代表著勇氣與榮耀，是「亞瑟王傳說」中早期的重要角色之一。此外，高文擁有特殊的能力——每天上午9點至正午（太陽最強烈的時段），他的力量將增強3倍。這種特質讓他被認為是太陽英雄的象徵，也展現出他獨特的一面。

✝ 蘭斯洛特　*Lancelot*

> **DATA**
> 出身地：法國（貝內克）
> 別名：蘭斯洛、蘭索洛特、拉席洛特　等
> 武器：亞隆戴特
>
> 圓桌騎士

蘭斯洛特是法國貝尼克的班王之子。幼年時，他被湖中貴婦帶走撫養，並被培養成一名卓越的騎士，最終成為亞瑟王的侍從與圓桌騎士之一。他在圓桌騎士團中地位崇高，深受信賴，是一位備受推崇的英雄。然而，蘭斯洛特與王妃桂妮薇爾的不倫戀最終導致了圓桌騎士團的分裂與崩壞。亞瑟王去世後，蘭斯洛特離開俗世，進入修道院，最終因過度悲傷與悔恨而病逝。

法國的故事作家克雷蒂安‧德‧特魯瓦在12世紀後半撰寫的《蘭斯洛特或馬車騎士》中，首次描寫了蘭斯洛特與王妃的不倫戀情。從13世紀以後，蘭斯洛特開始在各種不同的文學作品中登場。

✝ 莫德雷德 *Mordred*

DATA
出身地：英國
別名：莫德雷德、摩德雷、梅多勞特　等
武器：克拉倫特

圓桌騎士

在馬洛禮的《亞瑟王之死》中，莫德雷德被描述為亞瑟王與同母異父姊摩歌絲所生的私生子。這一設定源自於中世紀法語散文所撰寫的聖杯傳說。

梅林曾預言「5月1日出生的孩子，將會導致亞瑟王與他的國度毀滅」。因此，所有在這天出生的孩子都被拋入大海溺死，只有莫德雷德僥倖存活，最終成為圓桌騎士之一。

後來，他利用王妃與蘭斯洛特的不倫關係作為藉口，趁著亞瑟王出征討伐蘭斯洛特時發動謀反，應驗了梅林的預言。在最後的決戰中，莫德雷德與亞瑟王在劍欄之戰中展開決鬥，雖然他最終戰死，但也成功對亞瑟王造成致命重傷。

✝ 崔斯坦 *Tristan*

DATA
出身地：英國（里奧涅斯國）
別名：崔斯特倫、崔斯特朗、特里斯坦　等
武器：弗爾諾特（Felonot）

圓桌騎士

崔斯坦為里奧涅斯國王與康沃爾公爵馬克王的妹妹伊麗莎白之間的孩子。然而，他的母親伊麗莎白在生產時去世，因此他被取名為崔斯坦，意為「悲傷之子」，並由舅舅馬克王撫養長大。某日，崔斯坦身受重傷，為了療傷，他前往愛爾蘭王國，並受到公主伊索德的照料。兩人因緣際會的相戀，但伊索德卻被迎娶為馬克王的王妃，使得兩人陷入無法實現的苦戀。

崔斯坦最初是獨立的英雄傳說主人公，可是在《散文崔斯坦》中，他被塑造為圓桌騎士之一。到了馬洛禮的《亞瑟王之死》中，他甚至成為僅次於蘭斯洛特的準主角級角色。

✝ 加拉哈德

出身地：英國
別名：加拉哈德、伽拉哈德、加拉赫特　等
手中聖遺物：繪有紅色十字的白盾、選定之劍　等

圓桌騎士

加拉哈德是尋找聖杯傳說的中心人物，帶領圓桌騎士踏上尋找聖遺物之旅。據說，只有純潔無瑕之人才能觸及聖杯，而真正達成這一壯舉的，僅有加拉哈德等三名騎士。

其中，加拉哈德為蘭斯洛特與佩雷斯王之女伊萊恩的兒子，被認為是世上最純潔的騎士。最終，他在獲得聖杯後，超脫肉身、昇華為神聖的狀態後升天。

✝ 珀西瓦里

出身地：英國
別名：佩爾斯瓦爾、帕爾奇瓦爾、帕西維爾、佩西迪爾　等

圓桌騎士

珀西瓦里是佩里諾王之子，也是完成尋找聖杯的圓桌騎士之一。他自幼生長於與騎士社會無緣的環境，卻對在威爾斯森林中見到的騎士們充滿憧憬，最終成為圓桌騎士的一員。

克雷蒂安‧德‧特魯瓦所著的《珀西瓦里或聖杯故事》以珀西瓦里為主角，原本他是完成尋找聖杯的核心人物，但自中世紀法語散文版本的聖杯故事群開始，這一角色的重要性便逐漸被加拉哈德取代。

✝ 波爾斯

出身地：法國
別名：博斯、博奧爾　等

圓桌騎士

波爾斯是蘭斯洛特的堂兄弟，在圓桌騎士團中擔任蘭斯洛特的輔佐角色。當騎士團因內部分裂而產生派系對立時，他選擇站在蘭斯洛特一方，並在亞瑟王去世後，與蘭斯洛特一同離開，最終陪同蘭斯洛特出家修行。

在尋找聖杯的旅程中，波爾斯與加拉哈德、珀西瓦里一同成功找到聖杯。但由於加拉哈德與珀西瓦里在完成探索後逝去，波爾斯成為唯一的生還者，負責將尋找的結果帶回給亞瑟王，並傳達最終的訊息，扮演了極為重要的角色。

138

✝加雷斯 Gareth

DATA
- 出身地：英國（奧克尼群島）
- 別名：博美恩、美麗的手
- 相同人物：加赫雷斯

圓桌騎士

加雷斯是高文的四兄弟中最年幼的一位。最初登場時，他的出身未被揭示，並被稱為「美麗的手」。後來，他由蘭斯洛特冊封為騎士，被描繪為誠實且備受信賴的圓桌騎士。在高文兄弟中，他是唯一沒有被描寫成反派的角色，甚至試圖勸阻兄長高文的過激行動。然而，在王后桂妮薇爾遭到監禁時，蘭斯洛特前來營救，並在混亂之中意外的誤殺了加雷斯。

✝加赫雷斯 Gaheris

DATA
- 出身地：英國（奧克尼群島）
- 相同人物：加雷斯

圓桌騎士

加赫雷斯是高文的四兄弟中的三男，性格較為低調，時常與弟弟加雷斯混淆，因為他們的名字相似。在一些傳說版本中，加赫雷斯親手殺死了自己的母親摩歌絲，因為她與蘭斯洛特的父親巴尼克國王私通。這個故事的起源可能來自加雷斯的版本，部分傳說也將這一情節歸因於高文。當桂妮薇爾因通姦罪被判處火刑時，蘭斯洛特前來營救，在混亂中不慎殺害了加赫雷斯和加雷斯。

✝阿格拉文 Agravain

DATA
- 出身地：英國（奧克尼群島）
- 別名：阿格拉瓦爾

圓桌騎士

阿格拉文是高文四兄弟中的次男，在圓桌騎士團中的存在感較低。在馬洛禮的《亞瑟王之死》中，他被描繪為一個狡詐且惡毒的角色，積極策劃揭發蘭斯洛特與桂妮薇爾的不倫之戀。他認為這段關係將導致圓桌騎士團的崩壞，因此與高文發生爭執。最終，在蘭斯洛特營救桂妮薇爾的混亂中，阿格拉文試圖逃走卻遭到蘭斯洛特殺害。

✝蘭馬洛克 Lamorak

DATA
- 出身地：英國
- 別名：拉莫洛克 等

圓桌騎士

蘭馬洛克是佩里諾王的兒子，與珀西瓦里為兄弟。武藝高強，勇猛無比，在圓桌騎士中僅次於蘭斯洛特和崔斯坦，擁有極強的實力。此外，他因與高文的母親摩歌絲有染，以及與崔斯坦不和而聞名。由於父執輩的積怨，他最終在加赫雷斯、阿格拉文、莫德雷德的伏擊下被殘忍殺害，唯獨加雷斯沒有參與。

✝伊凡 Ywain

DATA
- 出身地：英國（高盧地區）
- 別名：伊維因、伊凡、奧維因、與獅同行的騎士（獅子騎士） 等

圓桌騎士

伊凡是烏里安斯王與摩歌絲的兒子，也是亞瑟王的外甥。曾因企圖刺殺亞瑟王而被放逐，背負摩歌絲的罪孽，但後來與高文展開冒險，最終回歸。在克雷蒂安·德·特魯瓦所著的《與獅同行的騎士》中，伊凡是故事的主人公。其形象可能源於北威爾斯的傳奇英雄弗雷代，是圓桌騎士傳說中極為古老的角色之一。

† 烏瑟・潘德拉貢 Uther Pendragon

DATA
出身地：英國
別名：尤瑟、烏瑟、尤瑟・潘德拉根　等

亞瑟王的父親。在亞瑟王的祖父時代，王位曾遭沃提岡篡奪，而烏瑟與兄長安布羅修斯共同奪回王權。兄長去世後，烏瑟繼位成為不列顛之王。後來，烏瑟對敵國康沃爾公爵提吉安的妻子伊格萊恩一見傾心，並藉助梅林的魔法變身為公爵的模樣，與伊格萊恩共度一夜，生下亞瑟王，之後正式迎娶她為王后。不過在亞瑟誕生兩年後，烏瑟便病逝。

† 凱 Kay

DATA
出身地：英國
別名：凱伊、庫烏、凱奧烏斯　等
圓桌騎士

凱是騎士埃克特的親生兒子，與亞瑟自幼以義兄弟的身分一同長大，並一直追隨亞瑟王。當亞瑟王的出身正式揭曉後，他的性格也有所轉變，成為忠誠且值得信賴的人物。然而，他也以脾氣暴躁和愛嘲弄他人而聞名，關於他對加雷斯和布魯諾惡言相向的故事廣為流傳。此外在《佩勒斯瓦烏茲》（Perlesvaus）一書中，他甚至被描寫為背叛亞瑟王的角色。

† 貝德維爾 Bedivere

DATA
出身地：英國
別名：貝迪維埃爾、貝多維埃、貝多維爾　等
圓桌騎士

貝德維爾自「亞瑟王傳說」草創期起便是一位舉足輕重的騎士。在馬洛禮的《亞瑟王之死》中，他在對抗莫德雷德軍的最後戰役中倖存，並接受亞瑟王的遺命，將聖劍「埃克斯卡利伯」投回湖中。在護送亞瑟王前往阿瓦隆島後，他皈依坎特伯雷修道院，成為修道士，並以隱士的身分度過餘生。

† 馬克王 King Mark

DATA
出身地：英國（康沃爾）
別名：馬克、馬爾克、馬爾基斯　等

馬克王是康沃爾的國王，也是崔斯坦的舅舅。透過崔斯坦的介紹，他迎娶了伊索德，但這段婚姻最終導致崔斯坦與伊索德的不倫之戀，並使馬克王成為一個受矚目的角色。在最早的故事版本中，他是一個值得同情的人物，但到了13世紀後的作品中，他的形象逐漸變得負面，甚至被塑造成惡棍。傳說中，他擁有一對馬耳，這點與民間故事《邁達斯與驢耳》有著相似的描述。

† 帕羅米德斯 Palomides

DATA
出身地：伊斯蘭世界
別名：帕拉姆、帕拉米提奧斯、帕拉米德斯　等
圓桌騎士

帕羅米德斯深愛著伊索德，因此與崔斯坦展開了無數次的競爭。然而，隨著時間推移，兩人也漸漸發展出亦敵亦友的關係。在部分傳說中，帕羅米德斯最終皈依了基督教，並接受崔斯坦的洗禮。當圓桌騎士團內部分裂時，他選擇站在蘭斯洛特一方，最終被法國的普羅旺斯公爵任命。此外，他也是追尋「嘶鳴獸」的冒險騎士之一。

140

✝ 桂妮薇爾 — Guinevere

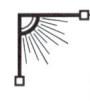

DATA
出身地：英國
別名：桂妮薇爾、吉妮薇兒、吉諾薇亞　等

桂妮薇爾是亞瑟王的王妃，因與蘭斯洛特的不倫戀最終導致圓桌騎士團的崩壞。在克雷蒂安・德・特魯瓦的作品《蘭斯洛特或馬車騎士》中，首次描述了兩人的不倫關係。在湯瑪斯・馬洛禮的《亞瑟王之死》中，為了掩飾這段戀情，蘭斯洛特刻意避免見面，卻導致蘭斯洛特最終遭到放逐，桂妮薇爾的行為也被描寫得相對自私。在亞瑟王去世後，桂妮薇爾深感自責，認為自己導致圓桌騎士團的滅亡，最終選擇出家為尼。

✝ 伊索德 — Isolde

DATA
出身地：愛爾蘭
別名：伊索德、伊茲爾特、伊茲、伊莎爾黛　等

康沃爾的馬克王之妃能夠治癒任何傷口，她原本是愛爾蘭的公主。故事始於她與決鬥中負傷的崔斯坦相遇，不同版本的傳說發展出兩種敘事——在「通俗文學系」的作品中，他們因誤飲愛情靈藥而墜入愛河；而在「宮廷文學系」的作品中，愛情在初次相遇時便已註定。後來，崔斯坦迎娶了布列塔尼國王之女伊索德，為了區分，後者被稱為「白手伊索德」。

✝ 湖中貴婦 — Lady of the Lake

DATA
別名：湖之少女、薇薇安、妮妙、妮姆、尼尼維　等

她將聖劍授予亞瑟王，拐騙幼年的蘭斯洛特並培養他成為卓越的騎士，也曾施展魔法將梅林封印於岩洞之中。作為「亞瑟王傳說」中重要的妖精般存在，其名號涵蓋多個不同人物，如薇薇安、妮妙等。佩萊亞斯是唯一被認為與湖中貴婦成婚的騎士。

✝ 伊萊恩 — Elaine

DATA
別名：艾蕾恩、艾蕾奴　等

在「亞瑟王傳說」中，有多位女性名為伊萊恩，特別是與蘭斯洛特有著深厚關係的幾位。其中，包括他的母親，以及與摩根勒菲有關聯的女性，也都名為伊萊恩。其中最著名的，是因愛慕蘭斯洛特而最終殞命的少女伊萊恩，她的故事以「夏洛特姑娘」之名廣受喜愛，並成為「亞瑟王傳說」中現存最著名的改編題材之一。

141

參考文獻

《亞瑟傳說——歷史與羅曼史的交錯》，青山吉信，岩波書店，1985年。

《亞瑟王——其歷史與傳說》，理查德・威廉・巴伯（Richard William Barber），高宮利行譯，東京書籍，1983年。

《亞瑟王羅曼史》，井村君江，筑摩文庫，1992年。

《亞瑟王傳說》，安妮・貝爾杜（Anne Berthelot），松村剛監修，村上伸子譯，創元社，1997年。

《亞瑟王傳說的起源——從斯基泰到卡美洛》，C・史考特・立托頓（C. Scott Littleton）、琳達・A・馬爾克（Linda A. Malcor），邊見葉子、吉田瑞穗譯，青土社，1998年。

《圖說亞瑟王與圓桌騎士——其歷史與傳說》，馬丁・J・多爾蒂（Martin J. Dougherty），伊藤春美譯，原書房，2017年。

《亞瑟王傳說研究——從源流到現代》，中央大學人文科學研究所編，中央大學出版部，2016年。

《亞瑟王傳說研究——從中世紀到現代》，渡邊浩司編，中央大學出版部，2019年。

《亞瑟王傳說萬花筒》，高宮利行，中央公論社，1995年。

《亞瑟王如何在日本被接受並進入次文化圈？——變異的中世紀騎士道敘事》，岡本廣毅、小宮真樹子編，Mizuki書林，2019年。

《高文與亞瑟王傳說》，池上忠弘，秀文國際，1988年。

《克雷蒂安・德・特魯瓦研究——從修辭學的研究到神話學的研究》，渡邊浩司，中央大學出版部，2002年。

《中古亞瑟王傳說中亞利馬太的約瑟形象——法國的聖杯物語》，橫山安由美，溪水社，2002年。

《聖杯的神話》，尚・弗拉皮耶（Jean Frappie），天澤退二郎譯，筑摩書房，1990年。

《聖杯的神話》，約瑟夫・坎貝爾（Joseph Campbell），齊藤伸治譯，人文書院，2023年。

《崔斯坦傳說——通俗文學系的研究》，佐藤輝夫，中央公論社，1981年。

《英雄的神話與諸相——歐亞神話試論》，菲利普・瓦爾泰（Philippe Walter），渡邊浩司、渡邊裕美子譯，中央大學出版部，2019年。

《凱爾特事典》，伯恩哈德・H・邁耶（Bernhard H. Mayer），鶴岡真弓監修、平島直一郎譯，創元社，2001年。

《凱爾特文化事典》，吉恩・馬卡勒（Jean Markale），金光仁三郎、渡邊浩司譯，大修館書店，2002年。

《圖說凱爾特的歷史——文化、藝術、神話》，鶴岡真弓、松村一男，河出書房新社，1999年。

《圖說亞瑟王傳說事典》，羅南・寇葛蘭（Ronan Coghlan），山本史郎譯，原書房，1996年。

《亞瑟王神話大事典》，菲利普・瓦爾泰，渡邊浩司、渡邊裕美子譯，原書房，2018年。

亞瑟王傳說解剖圖鑑
アーサー王物語解剖図鑑

監 修 者	渡邊浩司
編　　著	紙結歷史編輯部（淺野光穗、荒木理沙、青木一惠、北畠夏影、滝弘康）
插　　畫	麻緒乃助、中山將平
譯　　者	劉佳麗
封面設計	許紘維
內頁排版	簡至成
特約編輯	張瑋珍
行銷企劃	蕭浩仰、羅聿軒
行銷統籌	駱漢琦
業務發行	邱紹溢
營運顧問	郭其彬
責任編輯	賴靜儀
總 編 輯	李亞南
出　　版	漫遊者文化事業股份有限公司
地　　址	台北市103大同區重慶北路二段88號2樓之6
電　　話	(02)2715-2022
傳　　真	(02) 2715-2021
服務信箱	service@azothbooks.com
網路書店	www.azothbooks.com
臉　　書	www.facebook.com/azothbooks.read
發　　行	大雁出版基地
地　　址	新北市231新店區北新路三段207-3號5樓
電　　話	(02)8913-1005
傳　　真	(02)8913-1056
劃撥帳號	50022001
戶　　名	漫遊者文化事業股份有限公司
初版一刷	2025年9月
定　　價	台幣450元

ISBN　978-626-409-135-0
有著作權‧侵害必究
本書如有缺頁、破損、裝訂錯誤，請寄回本公司更換。

ILLUSTRATED HANDBOOK OF ARTHURIAN ROMANCE
© CAMIYU Inc. 2024
Originally published in Japan in 2024 by X-Knowledge Co., Ltd. TOKYO,
Chinese (in complex character only) translation rights arranged with X-Knowledge CO., LTD. TOKYO,
through Future View Technology Ltd., TAIWAN.

國家圖書館出版品預行編目 (CIP) 資料

亞瑟王傳說解剖圖鑑 / 紙結歷史編輯部編著；劉佳麗譯. -- 初版. -- 臺北市：漫遊者文化事業股份有限公司出版；新北市：大雁出版基地發行, 2025.09
144 面；14.8×21 公分
譯自：アーサー王物語解剖図鑑
ISBN 978-626-409-135-0(平裝)

1.CST: 英國文學 2.CST: 文學評論

873.57　　　　　　　　　　　　114010248